W

1x kort, 2x lang(er)

3 verhalen

D.F.Verplancke

Alle in deze bundel gepubliceerde verhalen zijn gebaseerd op fictie. Iedere overeenkomst met de werkelijkheid berust derhalve op toeval en daarom kunnen er aan de inhoud geen rechten ontleend worden.

Voor alle verhalen ©2007 D.F.Verplancke
V4 ISBN: 978-90-818898-0-3

Inhoud

Strand

De man kijkt naar het meisje dat enige passen voor hem, het zandpad tegen het duin op loopt. Ze is inderdaad wat aan de mollige kant. Een van de andere leden van de sportclub heeft het al een keer terloops, over haar opgemerkt.

Zeker nu hij een beetje onder haar loopt en recht tegen haar achterwerk aankijkt valt het hem op dat ze inderdaad over een flink breed zitvlak beschikt. Al is het sportbroekje dat ze aan heeft ook niet bepaald flatteus natuurlijk. Het witte vod floddert om haar billen.

Alsof ze merkt dat hij naar haar loopt te kijken staat het meisje even stil en kijkt over haar schouder naar hem om. Het valt hem op dat er geen genegenheid, belangstelling of enige vorm van betrokkenheid in haar blik te bespeuren valt. Hooguit kijkt ze een beetje geamuseerd. Hij hoopt dat ze er ook zin in heeft om er een leuke dag van te maken.

Hij doet alsof hij het vreselijk moeilijk heeft met de beklimming en puft een paar keer overdreven zwaar. Het tovert een glimlachje op haar gezicht. Ze loopt weer verder naar boven, nog steeds een paar meter voor hem uit.

De man staat even stil en pakt de tas met z'n strandspullen over in zijn linkerhand. Tegelijkertijd hangt hij de twee stoeltjes over zijn rechterschouder. Hij kijkt weer omhoog. Ze heeft blijkbaar langzaam gelopen, want ze is niet veel extra voorop geraakt.

Even neemt hij in overweging om haar in te halen. Het rulle zand smoort het geluid van hun voetstappen, dus zal ze hem pas opmerken als hij al vlak naast haar loopt. Hij verwerpt het ideetje. Het geeft eigenlijk geen pas dat hij zich nu opeens jonger voor gaat doen dan hij daadwerkelijk is.

Ze is boven aan de duintop aangekomen en zet haar tas op de grond, draait zich een kwartslag en kijkt waar hij blijft. Hij lacht naar haar en maakt weer een gebaar waaruit ze op moet kunnen maken dat hij zwaar loopt te sjouwen. Vlak voordat hij bij haar is aangekomen, pakt ze de tas weer op en loopt het duin af.

Ze gaat steeds sneller.

Als de man ook helemaal bovenaan is gekomen en even staat uit te puffen, nu echt, is ze al bijna beneden. Hij pakt zijn bagage nog eens over in de andere hand en loopt rustig achter haar aan.

Ze rent nu het laatste stukje.

Beneden aan het duinpad, waar het strand begint ligt een plankier. Hij vraagt zich af of ze nu helemaal naar het water toe zal hollen en of ze dan door het zand zal blijven lopen of dat ze op het latwerk verder zal gaan.

Ongeveer drie meter vanaf het begin stapt ze uit het zand op de vlonders en loopt hierover verder langs de strandtenten.

De man is intussen halverwege de afdaling en ziet hoe haar manier van lopen van bovenaf gezien nog het meest lijkt op schrijden. Hij zou nu graag vlak naast haar lopen en zijn opmerking aan haar vertellen. Hij vindt haar mooi zo.

Aan het einde van de loopplanken tussen de witgeverfde kleedhokjes die keurig in gelid op het zand zijn neergezet, staat ze op hem te wachten. Ze wil weten waar ze zullen gaan zitten.

Het strand is, op een paar vroege gezinnetjes na, nog vrijwel leeg.

Hij vraagt zich af of ze misschien zo'n huisje moeten huren. Wie weet is dat helemaal niet zo duur. Hij hoeft er waarschijnlijk alleen maar voor naar een van de strandtentjes waar ze net langs gekomen zijn.

Stoelen hoeven er niet bij, alleen zo'n huisje.

Het zal ze wellicht wat privacy verschaffen, maar de grote massa strijkt hier natuurlijk vandaag ook neer. Hij voorziet jengelende kinderen en bezorgde moeders die zullen gaan roepen.

Een stukje verder op het vrije strand lijkt het hem rustiger.

Ze vertelt hem dat ze de vorige week met een vriendin, ook daar heeft gezeten.

De zon schijnt recht in haar gezicht. Ze heeft haar ogen een beetje toegeknepen om hem aan te kunnen kijken. Het valt de man weer op hoe regelmatig haar gezichtje is. Haar fijne wenkbrauwen vormen als ze zo kijkt, een vrijwel perfecte horizontale lijn. Hij kan niet goed zien of ze ze epileert.

Hij vraagt waar ze hebben gezeten. Ze wijst zo'n beetje over haar schouder, "daar ergens".

Hij wil weten of het een goede plek was. In een adem stelt hij voor om er dan nu weer te gaan zitten.

Zijn ironie ontgaat haar.

Ze heeft de stoeltjes nu ook beetgepakt. Zelf houdt hij ze aan de andere kant vast. Ze hangen tussen hen in terwijl ze door het warme, zachte zand in de richting van de waterlijn ploeteren.

Hun tassen houden ze in hun andere, vrije hand.

De strandstoeltjes had hij voor afgelopen zondag in de achterbak van de auto gedaan. Toen zou hij namelijk met zijn gezin naar de uiterwaarden gaan om te zonnen en wat te vissen. Dat is er echter, door het slechte weer, niet meer van gekomen.

Totnogtoe is er geen gelegenheid geweest waarbij ze echt nodig waren. Ze zijn daarom in de kofferbak blijven zitten.

Nadat hij de auto op het parkeerterrein neergezet heeft, is ze direct uitgestapt.

Ze heeft haar tas gepakt en is even naast de auto blijven staan om te kijken hoe hij er zelf ook uit klauterde. Toen ze vanmorgen instapte had ze de tas namelijk niet in de kofferbak willen doen. Bij haar voeten stond ie goed. Daar was ruimte genoeg voor vond ze. Ze had het te veel moeite gevonden als hij er speciaal voor uitgestapt was om 'm voor haar in de achterbak te doen.

Onderweg heeft hij, onder het praten, even zijn hand op haar pols gelegd. Een keer, per ongeluk toen hij wat wilde aanwijzen aan haar kant van de weg, heeft hij haar bovenarm aangeraakt.

Toen hij moest schakelen is ze anders gaan zitten. Wat verder bij hem vandaan.

De rest van de rit heeft hij zijn handen aan het stuur gehouden.

Ze heeft terwijl hij de strandspullen achter uit de auto haalde niet op hem gewacht. Voor hem uit is ze alvast in de richting van het duinpad gelopen.

Op de gewone tijd heeft de man vanmorgen afscheid genomen. Iedere ochtend zo tegen acht uur gaat hij de deur uit, om naar zijn werk te gaan. Het enige verschil met de andere dagen was misschien dat hij er vandaag, zo met zijn korte broek, erg "zomers" uitzag.

Zijn vrouw lag zoals meestal rond deze tijd nog in bed en zal het waarschijnlijk niet opgemerkt hebben.

Net zoals op andere dagen heeft hij een lekker boterhammetje voor haar achtergelaten. Op een plankje op het aanrecht.

In de citruspers heeft hij genoeg sap achtergelaten voor nog een glas jus d'orange.

Daar is ze 's morgens gek op.

De tas met handdoeken en andere benodigdheden voor het strand heeft hij de vorige avond boven op de slaapkamer in gereedheid gebracht.

Zijn vrouw zat toen naar haar favoriete tv-serie te kijken. Omdat hij zijn zwembroek niet kon vinden heeft hij zelf de klerenkast

9

overhoop gehaald. Normaliter zou hij haar erbij geroepen hebben, maar hij had haar niet willen storen.

Toen hij ermee klaar was heeft hij de tas meteen achter in de auto gezet. Vervolgens is hij even naar de brievenbus doorgelopen om er de post in te gooien. Die had ze 's middags ter versturing klaar gezet op de schoorsteen.

De afspraak was dat hij haar om ongeveer negen uur zou komen ophalen. Omdat ze maar een kwartiertje rijden bij hem vandaan woont, was het nog te vroeg toen hij bij haar huis aankwam. Om de tijd te doden heeft hij een tijdje in het parkje aan de zijkant van haar huis gelopen.

Het meisje is een paar weken geleden op zichzelf gaan wonen. Nu ze van school was en zou gaan studeren, ging ze er vanuit dat ze ook "Op kamers" moest.

Het huis is vanuit het parkje goed zichtbaar, maar hij heeft geen idee achter welk raam ze wakker wordt en op zal staan. Door de begroeiing is het huis nauwelijks zichtbaar.

Het kan natuurlijk ook nog dat ze aan de achterkant woont.

Hij kreeg het trouwens koud. Daarom is hij nog een tijdje in de auto gaan zitten wachten. De man voelde zich eigenlijk een beetje bekeken door de mensen die hun honden aan het uitlaten waren in het parkje. Hij zo in zijn korte broek en al die hondenuitlaters nog maar half uitgeslapen.

Om de tijd toch nog nuttig te besteden heeft hij zijn cassettebandjes uitgezocht. Eentje heeft hij er uit gekozen, onderweg zal hij deze voor haar afspelen.

Toen hij om exact negen uur bij de voordeur aanbelde, kwam ze net aangefietst. Ze was bij haar moeder geweest.

Boven op haar kamertje wilde ze nog even een korte broek aantrekken. Hij is op de trap blijven wachten totdat ze er helemaal klaar voor was.

10

De afgelopen maanden hebben ze tijdens de trainingsuurtjes op de sportschool steeds korte gesprekjes gevoerd. Zodoende kende hij haar enthousiasme rond het op kamers gaan.

In geuren en kleuren stelde ze hem wekelijks op de hoogte van de vorderingen.

Twee weken geleden was ze helemaal over gegaan naar haar nieuwe huis. Haar vader en broertje hadden haar bij de verhuizing geholpen. Ze hadden er een kleine bestelauto voor gehuurd, op zijn aanbod om met die van hem te komen is ze niet ingegaan.

Zelf had hij wel eens verteld over de tochtjes die hij zo nu en dan in de weekenden met zijn gezinsleden maakt. Vaak bleven ze in de buurt en gingen dan op de fiets.

Het meisje bleek de omgeving ook erg goed te kennen.

Ze hebben een aantal mooie routes uitgewisseld.

Diverse keren heeft ze opgemerkt dat het haar allemaal erg leuk leek en dat ze graag eens een keertje met hem mee wilde. Een keer heeft hij haar verteld hoe hij de middag ervoor met zijn zoontje was gaan vliegeren.

Ook daar liet ze veel belangstelling blijken. In een opwelling heeft hij haar beloofd dat ze inderdaad wel eens mee kon.

Van een afspraak is het tot nogtoe echter niet gekomen. Telkens als hij haar vroeg, had ze het te druk met huiswerk of moest ze naar haar stageplaats. Uiteindelijk was het het afsluitende examenjaar op haar school.

Het wekelijkse uurtje trainen is op maandagavond. Ze kunnen elkaar eigenlijk alleen maar spreken tijdens de oefeningen die ze samen uit voeren of als ze met de rest van de groepsleden voor de aanvang zitten te wachten.

Na het trainen blijft ze douchen en gaat hij vanuit de kleedkamer direkt naar huis. Ze zitten op het laatste uurtje van de avond. Het zou anders te laat worden.

De afgelopen tijd blijkt echter dat het zich in de praktijk eenvoudig laat sturen. Ze hebben de laatste tijd in ieder geval steeds vaker samen getraind. Ze konden dan tussen de verschillende oefeningen of het wachten op de aanwijzingen van de trainer, rustig een praatje met elkaar maken.

Deze wilde daar ook niets tegenin brengen, hij vond het wel gezellig als de leden van de groep leuk met elkaar om gingen. Het maakte hem allemaal niet uit, als de sfeer maar aangenaam was.

Deze dag naar het strand heeft de man haar min of meer af kunnen dwingen. De afgelopen week heeft ze immers vakantie gekregen van school.

Onder het trainen beklaagde ze zich er over dat ze deze eerste week van haar vakantie niks te doen had. Geen baantje en al haar vrienden zouden de volgende week pas vrij krijgen. Ze voorspelde dat ze zich vast en zeker vreselijk zou gaan vervelen.

Onmiddellijk heeft hij haar voorgesteld om gebruik te gaan maken van de aangekondigde mooie dagen voor de komende week.

Direct de volgende dag konden ze nog niet, maar voor vandaag, donderdag, hebben ze inderdaad kunnen afspreken.

De stoeltjes hebben ze een paar meter van de vloedlijn maar nog wel in het zachte zand neergezet. Vanaf het plankier zijn ze nog een flink stuk doorgelopen, helemaal tot aan het "vrije" strand. Dus tot ver voorbij het punt waar de laatste strandtent staat.

Het meisje heeft haar badlaken op het zand uitgespreid en haar T-shirtje uitgetrokken. Ze is in de zon gaan liggen. Ze draagt een effen lichtblauw badpak.

Het sportbroekje heeft ze aangehouden.

De man zet zijn stoeltje zo neer dat hij naar het meisje kan kijken. Achter haar, om niet in haar zon te zitten.

Hij vraagt zich af of hij aan zal bieden om haar rug even in te vetten.

Zelf trekt hij ook zijn shirt uit en drapeert een badlaken over zijn stoel. Zal hij durven vragen of ze zijn rug misschien wil doen?

Hij besluit dat het nog te vroeg is, de zon brandt nog nauwelijks.

Uit zijn tas haalt hij een leesboek.

Zo nu en dan kijkt hij om zich heen naar de golven en het strand. Zijn rondblik eindigt telkens op zijn vriendinnetje vlak voor hem.

Ze ligt op haar buik met haar hoofd richting de zon. Hij kan niet zien of ze haar ogen dicht of open heeft, maar uit haar rustige ademhaling maakt hij op dat ze wellicht slaapt.

Na ongeveer een kwartier richt ze zich op en kondigt aan een stukje te gaan zwemmen. Ze moet uit hun gesprekjes weten dat de man niet van water of zwemmen houdt. Hij blijft daarom zonder verdere uitleg of reactie, zitten.

Hij leest.

Ze gooit haar broekje naast zijn stoel op de tas en loopt met grote passen door het warme zand. Als ze na een paar meter op het hardere zand komt begint ze te hollen.

Bij het water aangekomen remt ze niet af, maar rent spetterend door tot het water net boven haar knieën komt. Ze duikt er pardoes in. Voor een momentje wordt ze door de golven aan het zicht onttrokken, maar de man ziet haar weer opduiken als zij zich opricht.

Ze loopt nog een stukje verder het water in, naar waar het dieper is.

Hij kijkt om zich heen. Aan het lawaai had hij al gehoord dat het wat drukker aan het worden was. Hij ziet nu ook dat er achter hen diverse kuilen gegraven worden. Die zullen vandaag de

13

verscheidene strandgasten vast en zeker tot kamp gaan dienen.

Er staan hier en daar al wat parasols en er worden ook windschermpjes opgezet.

Het strand komt tot leven.

Een jongeman, met een witte broek opgerold tot boven zijn kuiten, hijst bij het dichtst bijzijnde strandpaviljoen vlaggen terwijl een andere de voor de verhuur bestemde stoelen aan het opstellen is.

Op zijn horloge ziet hij dat er op kantoor nu met koffie wordt rondgegaan. Hij krijgt er trek van en neemt even in overweging om bij het paviljoen een kopje te gaan halen.

Hij besluit op het meisje te wachten. Hij weet wel dat ze geen koffie drinkt, maar misschien wil ze straks na het zwemmen een kopje thee.

Of iets anders, iets warms misschien.

Als zijn ogen weer langs de branding glijden, kan hij haar niet vinden. Ingespannen tuurt hij naar de golven, naar links en rechts, naar de plaatsen waar hij haar kan verwachten.

Het duurt een tijdje voordat hij haar een flink eind in zee kan onderscheiden. Hij vermoedt tenminste dat zij het is. Er zijn nog maar weinig mensen langs hem heen naar de zee gelopen, maar hij kan niet goed zien of ze het daadwerkelijk is.

Ze moet inderdaad een goede zwemmer zijn als ze al helemaal zo ver gekomen is.

Hij pakt zijn boek weer op gaat verder met lezen. Zo nu en dan kijkt hij naar de zee. Aan het lange donkere haar te zien moet ze het echt zijn.

De zon begint op zijn schouders en borst te branden. Hij gaat rechtop zitten en kijkt nog eens over zijn boek heen naar de zee. Ze komt net uit het water.

Hij blijft kijken hoe ze zo op hem af komt gelopen. Het valt hem weer op hoe mooi haar gang is. Ze heeft een "fiere" houding.
Ze heeft stevige, gespierde benen. Haar schouders zijn recht en haar kin vormt een vrijwel haakse hoek met haar hals.
Inderdaad is ze een beetje aan de mollige kant, maar het geeft haar vormen iets extra vrouwelijks. Ze is per se niet dik te noemen, heeft misschien alleen een beetje brede heupen.
Als ze bijna bij hem is aangekomen, staat hij op om haar een handdoek uit zijn tas aan te geven. Zal hij haar behulpzaam zijn bij het afdrogen?
Ze verlost hem van het dilemma door zich in zijn stoeltje op het badlaken te laten neerploffen. Ze bedankt hem voor de handdoek en puft eens flink uit. Ze wikkelt de doek, als ze klaar is met het afdrogen van haar ogen, om haar natte haren.
Het zijn sterke golven en hij heeft, volgens haar, echt wat gemist. Hij constateert dat ze een beetje buiten adem is.

De man vouwt het andere stoeltje uit. Hij raapt haar badlaken op, klopt deze uit en leg deze erover heen. De ontstane zetel schuift hij zo dat zij naast elkaar kunnen zitten.
Hun tassen staan er tussenin. Hun kleren legt hij er na ze een voor een uitgeklopt te hebben netjes op een stapeltje voor.
Hij gaat weer zitten en vraagt haar of ze zijn boekje, dat naast haar in het zand is gevallen, aan wil geven.
Ze bestudeert de titel en slaat het boekje open op een willekeurige bladzijde. Ze leest een paar regels als om te controleren wat hij aan het lezen is.
De man kijkt naar haar gezicht.
Ze heeft haar ogen weer een beetje dicht geknepen als bescherming tegen het felle licht. Het is hem ook tijdens het trainen al een paar keer opgevallen dat ze een kalme blik in haar

15

ogen kan hebben.

Haar ademhaling is intussen weer wat rustiger geworden.

Hij kijkt naar de druppels op haar bovenarm en benen. Hij zou graag de slierten nat haar van haar voorhoofd willen vegen. Kontakt willen maken, haar even aanraken.

Als ze hem zijn boekje heeft gegeven, trekt ze haar tas naar zich toe en begint erin te graven. Hij vermoedt dat ze ook iets te lezen bij zich heeft.

Ze blijkt een paar appels meegenomen te hebben. Over de rand van zijn boek heen ziet hij hoe ze ze opwrijft aan de handdoek. Als de appels allebei mooi genoeg naar haar zin glanzen biedt ze hem er een aan. Ze kijkt hem er een beetje moederlijk, heel lief bij aan.

Griekenland

When I was young,
but so much younger than today.
I never needed any body's help in any way.

Uit "Help" van the Beatles

I

Vlak voor mijn negentiende verjaardag, die tot dan toe dus elk jaar aan het begin van de grote vakantie viel, werd ik van school getrapt. Als een donderslag bij heldere hemel eigenlijk, want ik had toch juist dat laatste jaar mijn beste tijd eraan besteed om de schoolkrant, het leerlingen parlement en vooral de feest commissie weer wat leven in te blazen.

Of zelfs helemaal opnieuw op te zetten omdat mijn voorgangers het in de afgelopen jaren wel heel erg in de benen hadden laten zakken.

Klaarblijkelijk kon de leiding van de school ondanks hun onmiskenbare wijsheid, mijn inspanningen niet op hun juiste waarde inschatten. Onze school was het voorgaande jaar gefuseerd met een MAVO / HAVO school en samen met een paar kornuiten vond ik dat wij vanuit onze hoofdvestiging waar de HBS en het Gymnasium gehuisvest waren, de revitaliserende verantwoording gewoonweg op ons moesten nemen.

School democratisering was indertijd een belangrijk goed en we vonden dat wij ook op onze school, zeker nu die zo groot geworden was, aan die trend mee moesten doen. We hebben het hier tenslotte over het begin van de zeventiger jaren. De uitloop van de veel geroemde "sixties".

Dat er op de scholen waarmee we gefuseerd waren heel erg leuke meisjes zaten heeft vanzelfsprekend ook een rol gespeeld.

Regelmatig moest ik, bijvoorbeeld als ik weer eens zo'n saaie les Frans of wiskunde had, bij alle dependances in de stad langs om het een en ander rond alle aktiviteiten aan te kondigen of nader uit te leggen.

Omdat ik het voorgaande jaar was blijven zitten had ik daar

vooral in het begin ook alle tijd voor natuurlijk.

Bij een kennis van mijn ouders in huis was in het najaar een kamer vrij gekomen. Die had ik per 1 januari dus midden in de kerstvakantie mogen huren.

Alleen daarom al had dat laatste schooljaar eigenlijk een hele goede voorbereiding kunnen worden voor een ruige studententijd.

Redelijkerwijze was het dus, maar achteraf gesproken is wijsheid nooit moeilijk, misschien wel terecht dat ik mij het volgende jaar niet meer hoefde te melden.

Door alle drukte had ik namelijk niet zo in de gaten gehouden dat er naast al mijn buitenschoolse aktiviteiten, niet zo heel veel tijd over bleef voor het huiswerk maken of het treffen van voorbereidingen voor een proefwerk. Ten tijde van het voorjaarsrapport had het zich feitelijk al afgetekend dat ik meer tijd aan mijn schoolwerk zou moeten besteden.

Maar toen stonden er al te veel activiteiten op stapel om deze over te kunnen laten aan een ander bestuurslid of weer te laten verzanden in de lethargie die er gedurende de afgelopen jaren had geheerst. Ik sloeg alle goed bedoelde waarschuwingen dus in de wind.

Een poosje later ben ik bij een uitzendbureau gaan werken. Enerzijds omdat ik nog op zoek was naar de arbeid die bij mij paste, maar voornamelijk omdat ik nog niet precies wist wat het concept van werken voor mij precies in moest gaan houden.

Waarschijnlijk een mooi eufemisme voor luiheid, maar mag ik ter verdediging aan voeren dat ik natuurlijk nog wel heel jong was!

Niemand wilde me, zeker in de vakantietijd waarin het immers rizzelde van de jongelui die een baantje zochten, nog hebben en ik was ook nog niet in staat geweest om een "persoons gerichte vraag" op de arbeidsmarkt te genereren. Daar was mijn opleiding tot dan toe nog helemaal niet op gericht geweest.

Niet onbelangrijk was het echter dat ik de huur voor mijn kamer moest kunnen betalen. Weer terug naar huis gaan had het gevoel dat ik eigenlijk "verloren had" vanzelfsprekend kompleet gemaakt en was daarom dus geen optie.

Door de manier waarop er toen bij de uitzendbureaus handel werd gedreven in mijn inzet, werkte ik de ene keer een tijdje in de administratie bij een bedrijf. Als dat niet meer beviel dan was ik een paar dagen vrij. Over het algemeen kon ik dus volstaan met een paar weken werk, afgewisseld met een paar dagen "iets anders".

Over het algemeen betaalde het uitzend werk redelijk, zeker in vergelijking met het zakgeld en de incidentele bijverdiensten waaraan ik tot dan toe als scholier gewend geweest was. Zoals zo nu en dan eens het wassen van mijn vader z'n auto.

Kort gesteld deden er zich dus regelmatig periodes voor waarin ik wel een paar dagen kon potverteren. Het is in dit kader overigens verbazingwekkend hoeveel vrienden een mens in korte tijd met het gul uitdelen van drankjes en versnaperingen in de diverse kroegen kan opdoen.

De op deze manier zo nu en dan verkregen vrije dagen kon ik trouwens goed gebruiken om mijn kamer weer eens goed schoon te maken en op te ruimen. Daar kwam ik namelijk niet aan toe, door de tijd die ik door de week meestal verdeed met al dat werken. In het weekend was daar natuurlijk allemaal geen tijd voor omdat ik dan meestal bezoek had of kreeg. Daar ging nog tamelijk veel tijd in zitten.

Na een tijdje vrijaf kon ik meestal eenvoudig ergens anders weer aan de slag. Desnoods in de productie in een fabriek of ik deed eens een paar weken magazijn werk. Toen de vakantie tijd voorbij was bleken er vaak hele aardige baantjes in de aanbieding.

De nood was hoog omdat de kas leeg was, ik kreeg in de kroeg geen krediet meer, de huur moest betaald en het zou intussen prettig zijn als er tenminste zoiets als een boterham op de plank was. Bij voorkeur vergezeld van iets anders dan een glas aanleng limonade of een restje tot dan toe ondrinkbaar geachte sangria van de stuntslijterij.

Het spreekt vanzelf dat ik indertijd nog niet getrouwd was en mij ook anderszins nog op geen enkele manier definitief had vastgelegd of gebonden.

Bij mijn oude school maten was ik trouwens nog altijd welkom voor een maaltijd, vooral omdat de meesten nog gewoon bij hun moeder woonden.

In de tijd waarin dit verhaal speelt werkte ik al een paar weken bij het bedrijf aan de Rijndijk in Alphen. Ik zat daar op de afdeling facturering en het bleek dat er aan het einde van de galerij een vrouw werkte die niet alleen knap, maar misschien nog wel veel belangrijker erg vriendelijk was.

Ze reageerde in ieder geval niet direct afwijzend op het grapje dat ik tegen haar maakte toen we een keer samen in de lift stonden.

Het bracht haar zelfs uitbundig aan het lachen.

Toen ze na het uitstappen in de tegenovergestelde richting over de galerij naar haar eigen werkplek terug liep, keek ze nog even om. Ik meende te zien dat ze me toelachte, maar daar was ik later niet 100% zeker van.

Wellicht kon dit een breuk worden met mijn recente ervaringen qua lollig doen! Zoveel enthousiasme was een verademing.

23

Ik had dit soort belangstelling van meisjes of vrouwen nog niet zo heel erg vaak meegemaakt.

Vroeger, dus voor die ontmoeting in de lift, liep ik gelijk als ik s'morgens vroeg op het bedrijf was aangekomen, via het trappenhuis bij de ingang aan de zijkant van het gebouw naar de eerste verdieping. Ik ging dan over de galerij naar ons kantoor. Die was daar achter de derde deur.

Het was nu eenmaal de kortste weg vanaf de fietsenstalling, waar ik mijn brommer parkeerde, naar mijn werkplek. Ik zat daar meestal achter een van de acht bureaus en voerde er de onontbeerlijke nacalculaties voor de afdeling keukens uit.

Toen ik er achter was gekomen dat die mooie juffrouw in een eigen kantoortje naast de typekamer werkte, liep ik voortaan door het magazijn naar de grote hal en ging dan met de lift of de grote trap naar onze verdieping. Het was misschien een beetje een omweg, maar als ik zo liep kwam ik veel meer collega's, ook uit de andere kantoorruimtes langs de galerij, tegen.

Overigens gebiedt de eerlijkheid me te vertellen dat ik toen nog niet wist dat zij pas om half tien met haar werk begon en dat ik haar daarom dus nooit s'morgens op haar werkplek heb kunnen begroeten.

Ook als wij 's middags naar huis gingen was zij trouwens meestal al weg.

Hélène bleek, bij voorzichtig navragen onder mijn collega's, de secretaresse te zijn van de directie. Daarin lag de verklaring voor de afwijkende werktijden en haar eigen privé kantoortje direkt naast de kamers waar de drie directeuren geacht werden te verblijven.

Op een dinsdagochtend was ik op weg naar de kantine met een lege koffiekan. We zaten op onze afdeling, waar ik de jongste was, toch al gauw op zo'n vier à vijf kopjes per persoon per ochtend. Alleen daarom al moesten we de thermoskan regelmatig laten vullen.

Toen ik langs haar kantoortje liep, riep ze me binnen.

Ze wilde graag dat ik de lege kannen van haar kantoortje naar de kantine bracht. Ze vroeg of ik een volle mee terug wilde nemen.

Ik liep toch die kant op en ik zou er haar erg mee helpen. Ik deed dit vanzelfsprekend zonder te morren. Wie was ik immers om weerstand te bieden aan een vriendelijk verzoek van een knappe vrouw?

Als uitzendkracht bedoel ik.

Enige minuten later liep ik haar lege kantoortje weer binnen om de volle kan bij haar op het tafeltje te zetten. Ze kwam net achter me aan ook naar binnen gelopen.

Uit haar houding was op te maken dat ze niet gewend was dat ze zomaar iemand in haar kantoortje aantrof. Toen ze mij echter leek te herkennen en het uiteindelijke doel van mijn aanwezigheid tot haar doordrong, bedankte ze me hartelijk.

Ik aarzelde misschien een beetje, want ze stelde voor dat ik de volgende keer maar eens een bakje bij haar moest blijven drinken. Nu was ze heel hard bezig met de voorbereidingen voor een vergadering.

We hadden dus ook nauwelijks de tijd om een blik van verstandhouding uit te wisselen over hoe druk, druk, druk we het allebei eigenlijk hadden.

De rest van die week heb ik haar niet meer gesproken. Elke keer als ik langs haar kantoortje liep en er naar binnen keek, bleek dat ze in bespreking was. Of ze was ergens anders aan het werk, want haar kamer was dan leeg.

Eens zomaar een kopje koffie voor haar halen was zodoende

dus onmogelijk. Meestal had ze trouwens, als ze er aanwezig was, de deur van haar werkkamer dicht. Haar bureau stond dwars in de ruimte en ze zat daarom dus meestal met haar rug naar de galerij.

Laat ik even vertellen hoe het kantoor, waar ik op dat moment als tijdelijke kracht werkzaam was, er in grote lijnen uit zag.
Het gebouw lag op een groot industrieterrein en was eigenlijk niets meer dan een hele grote hal. Het grootste deel van deze hal was in gebruik als magazijn en stond dus vol met hoge, stalen stellingen die weer waren vol gestapeld met dozen, kratten, kisten en pakken op houten pallets. Op de begane grond, aan de straatkant, waren naast de ingang met de receptie twee ruime toonzalen en een kleine verkoopruimte ingericht.
Aansluitend hieraan waren er in de hal beneden twee kleine vergaderzaaltjes. Meer kamers eigenlijk, waar de verkopers met hun klanten ongestoord gesprekken konden voeren.
Onze kantoren lagen op de verdieping boven deze toonzalen en waren onderling verbonden door een brede galerij die als een soort balkon uitstak in het magazijn. Aan het ene einde van deze galerij was de toegang tot de directie kantoren. Die lagen dus rechts van de deuren naar de brede trap die door de grote toegangshal liep.
Het kantoortje van Hélène vormde min of meer de toegang.
Gelijk onder de kamers van de direkteuren was de kantine van het bedrijf. Door de grote ramen daar had je uitzicht over de haven en de betonfabriek aan de overkant.
Deze kantine lag gevoelsmatig een beetje buiten het bedrijfspand, zodat veel collega's liever spraken over het restaurant. Voordat je namelijk naar binnen kon moest je eerst door de grote hal langs de balie en daarna merkte je, volgens

26

diezelfde collega's, niks meer van het bedrijf.

Op het dak van het restaurant was een groot terras, maar dat dakterras was dus alleen door de kamers van de directeuren en de daar weer naast gelegen vergaderzaal, bereikbaar. Het restaurant en terras keken uit over het water van een haventje. Met aan de overkant de al genoemde zand, grind en beton groothandel.

Als je over de galerij liep, had je aan de ene kant het magazijn met het gebruikelijke lawaai. Op de grond reden grommende vorkheftrucks en aan het plafond ratelden transportbanden. Aan de muur kant waren de kantoren waarvan de meeste hun deur gesloten hielden vanwege dat lawaai in de bedrijfshal en de privacy van de medewerkers.

Naast iedere deur bevond zich een smal raam en de grotere kantoren, zoals de typekamer en degene waar ik mijn werkt deed, hadden ook nog een of twee vensters die op de galerij uitkeken.

Ik zag, vanaf mijn werkplek, Hélène een keer over de galerij langslopen, maar ze liep op dat moment te hard om naar mij terug te kunnen zwaaien.

Een paar weken na ons eerste korte gesprekje was ze mee met een van de directeuren op een buitenlandse reis. Volgens de collega's bij mij op de afdeling ging ze vaker met deze man mee. Ik kreeg de indruk dat ze probeerden om haar met insinuerende opmerkingen over snoepreisjes en dergelijke een beetje zwart te maken.

Tijdens mijn uitzend werk had ik al vaker opgemerkt dat men binnen veel bedrijven soms jaloers is op de mensen die hun arbeid onder blijkbaar meer plezierige omstandigheden kunnen verrichten. Ik merkte dat trouwens zelf ook als ik vertelde over de vrijheden die mij als uitzendkracht bij gelegenheid ten deel vielen.

Dat een directiesecretaresse ten allen tijde onmisbaar was op een buitenlandse zakenreis leek me toen echter nogal evident. Ook al ging zo'n reisje wel eens naar een bestemming die bij normale mensen door gaat voor een vakantieoord. Ik kon mij indertijd niet voorstellen dat het aangename zich niet zou mogen verenigen met wat normaliter "werk" genoemd werd.

Dat ik Hélène in de lift was tegengekomen laat zich overigens verklaren doordat wij van kantoor regelmatig dingen moesten navragen in het magazijn. Het was in zo'n geval gewoon het eenvoudigst om even naar beneden te lopen.

Vervolgens kon je daar al dan niet op een van de handige fietsjes die er onderaan de trap gelijk naast de lift deuren stonden, naar de betreffende afdeling gaan. Dat ging meestal sneller dan opbellen omdat er altijd papieren mee gemoeid waren.

Dat was in mijn geval meestal de pakkamer op de verzending en die lag aan de andere kant van het gebouw, waar de vrachtwagens geladen werden. Je trof trouwens wel vaker mensen met een stapel papieren aan in het magazijn. Ook voor de andere kantoren moest natuurlijk wel eens iets uitgezocht worden.

Die fietsjes stonden er vanzelfsprekend niet voor niets. Enkele ervan waren zelfs voor dit doel speciaal uitgerust met een mandje voorop, zodat je er kleine goederen uit de immense voorraden van het magazijn mee kon vervoeren. Ikzelf ging liever te voet door de enorme ruimte, overal stonden immers interessante spullen.

Als ik in de gangen tussen de stellingen liep verbaasde ik me er tekens weer over hoeveel verschillende produkten er opgeslagen stonden. Overal kwam je mensen tegen, die liepen orders of werkten de voorraden bij.

Het ratelen van het interne transportsysteem, waarover de bakjes met bestelde en naar de klanten onderweg zijnde goederen naar de pakkamers vervoerd werden, was overal in de grote ruimte hoorbaar. Als het systeem op volle snelheid liep, echode en denderde het kabaal dat erdoor veroorzaakt werd tussen de dozen en stellingen heen en weer.

In het magazijn was het voeren van een gesprek dus vrijwel onmogelijk. Je kon je er alleen verstaanbaar maken door erg hard te schreeuwen. Zelfs als er kennelijk minder orders waren en de bakjes zichtbaar langzamer over de banden vervoerd werden, was het er nog erg lawaaiig .

Het was die dag vreselijk weer, het waaide flink en zo nu en dan viel er zelfs natte sneeuw en hagel. Het leek wel of de net afgelopen winter naadloos weer was overgegaan in de herfst en dat we dat jaar de lente en de zomer, die samen nog geen week geduurd hadden, maar moesten vergeten.

Ik liep doorweekt en druipend in mijn natte regenpak over de galerij naar mijn werkplek. Het was een beetje later geworden omdat ik die ochtend eerst naar de tandarts was geweest.

De tegenwind had de nattigheid onder mijn jas door naar binnen geblazen. Het regenpak had mij dus vooral het laatste stuk van de reis nauwelijks enige bescherming kunnen bieden. Mijn trui en broek waren nat en schuurden tegen mijn buik. Het voelde zo koud aan in mijn kruis dat ik er een beetje wijdbeens van moest lopen.

Ik had me voorgenomen om in de toiletten mijn natte pak uit te trekken, maar het was al over tienen en ik wilde me eerst even op mijn afdeling melden zodat mijn uren zouden gaan tellen. Tenslotte was ik een uitzendkracht en dan zijn dit soort zaken tamelijk belangrijk.

Het moet, achteraf gezien, wellicht een koddig gezicht geweest zijn om mij zo over de galerij te zien gaan. In ieder geval kan ik mij herinneren dat de collega's van de andere afdelingen mij lachend na keken toen ik hun ramen passeerde.

Opeens kreeg ik er echter flink de pest over in.

Ik werkte hier nu alweer een paar maanden, maar ik had tot nogtoe niet bepaald de indruk gekregen dat mijn aanwezigheid ergens op prijs werd gesteld. Goed, ik kreeg in de kantine intussen de koffie zonder een telefoontje ter controle naar de afdeling.

Zo nu en dan groette er wel eens iemand van een ander kantoor. Maar echte collega's had ik hier buiten mijn eigen kamer nog steeds niet.

Terwijl ik langs de ramen liep heb ik ter compensatie een paar keer een gek gezicht naar de mensen op de kamers naast ons getrokken. Ik ben het kantoor binnen gegaan om mij, zoals gezegd aanwezig te melden. Zo langzamerhand had ik eigenlijk wel enige compassie met mijn erbarmelijke omstandigheden verwacht. Die liet zich dus niet opmerken.

Iedereen bleef gewoon zijn werk zitten doen. Alleen de chef keek heel even op en spoorde mij aan om wat "voort te maken".

Nadat ik mijn natte kleren opgehangen had over het hekwerk van de galerij tegenover onze deur en mij een beetje had opgeknapt op de toiletten, liep ik met onze lege afdelingskoffiekan naar de kantine voor een vers bakje. Mijn eerste.

Terwijl ik op de volle kan stond te wachten kwam Hélène de kantine binnen en ging naast mij staan. Zij moest ook even wachten omdat het apparaat nog aan het doorlopen was. Onze kannen werden allebei tegelijk over de balie naar ons toegeschoven.

We liepen samen naar de ingang van de lift. Die bevond zich vlak naast de kantine ingang. Normaal zou ik met de trap naar boven gelopen zijn, maar iets zei me dat we beter gezamenlijk naar boven zouden gaan.

Ze zag eruit of ze in de zon had gelegen en in de lift rook ik dat ze een tamelijk sterk ruikende parfum op had. We wisten allebei niet hoe we een gesprekje moesten beginnen en keken door het raampje naar de gebeurtenissen in de hal. Daar was alleen de telefoniste. Ze zat achter de receptie haar nagels te vijlen.

De lift was in no-time boven.

Ze liep voor me uit naar haar kantoor en sloot de deur achter zich. Toen ik nog even vluchtig door het raam naar binnen keek stond ze al weer met haar rug naar me toe.

II

Een paar dagen na mijn doorweekte entree kreeg ik te horen dat de afdeling factureren er, met ingang van de komende maand nieuw, vast personeel bij zou krijgen.

Mijn werkzaamheden zouden er daardoor uiterlijk aan het einde van de volgende week afgelopen zijn. Ondanks de door mij intussen opgebouwde expertise, hoefde ik niet te assisteren bij het inwerken van de nieuwe mensen.

De mededelingen van de afdelingschef hierover waren me nogal rauw op het dak komen vallen. Er was de voorgaande weken nooit sprake geweest van vacatures. Niemand had het ooit over ander, nieuw personeel gehad.

De vraag of het wellicht aan mijn functioneren lag had ik niet eens kunnen stellen. Daarvoor was het me allemaal veel te snel gegaan.

Ik had er daarom een beetje de pest over in. Dit overigens zonder direct aan te kunnen geven waar dat chagrijn nou precies vandaan kwam. Ik vond het werken hier wel leuk, maar voorzag toch niet dat er veel eer mee in te leggen was. Noch ambieerde ik een carrière bij deze firma omdat er vooral "boeren" werkten.

Het was intussen weer eens de hoogste tijd voor een verse kan koffie, dus ik ging even naar de kantine. Dan kon ik gelijk even "alles op een rijtje zetten".

Toen ik langs het kantoortje van Hélène kwam stond de deur open. Ze was alleen en keek op van haar werk toen ik binnenliep.

"Ja", ze wilde graag nog wat koffie en ze zou, als ik die kwam brengen, zorgen dat er een koekje bij was.

Bij terugkomst in haar kantoortje was er geen koek, ze had gebak met echte slagroom. Die had ze overgehouden van een vergadering die ochtend.

Ze nam zelf een tompouce en gaf mij de grootste moorkop. Ze gebaarde me dat ik even kon gaan zitten en deed de deur naar de galerij dicht. Tegen het lawaai. Snel maakte ze af wat ze aan haar bureau aan het doen was en nam toen tegenover me plaats.

Zoals je mag verwachten bij een secretaresse van haar niveau zag ze er perfect uit. Niet nuffig of overdreven netjes, maar gewoonweg heel verzorgd.

Hoewel ze eigenlijk donkerblond haar had, zaten er nu lichte stukken in. Die waren zeker niet van een middeltje.

Het leek meer een coupe-soleil, hoewel die pas een paar jaar erna in de mode kwamen. De reis van vorige week zal hierbij trouwens een rol gespeeld hebben.

Ze droeg een mooie blouse en had een strakke, niet te korte, rok aan. Het jasje van haar mantelpakje hing op een hangertje aan de kapstok. Nu ik haar eindelijk eens beter kon bekijken schatte ik dat ze 27 à 28 jaar moest zijn.

Om een gesprekje te beginnen vroeg ik haar hoe haar reis geweest was. Ik raakte daarmee kennelijk een gevoelige snaar.

Ze zei een beetje snibbig dat het haar werk nu eenmaal was en dat ze de praatjes en roddels van die zogenaamde collega's goed zat begon te worden.

Wat kon ik anders dan haar verbaasd aankijken. Ik vertelde dat ik een uitzendkracht was en hier maar tijdelijk werkte. Het leek wel alsof ze tranen in haar ogen had.

Ik at vlug mijn moorkop op en wist eigenlijk niet wat ik haar moest verder nog moest vertellen. Ze hoorde ervan op dat ik volgende week voor het laatst zou zijn en zegde toe om voor mij uit te kijken naar een ander baantje binnen het bedrijf.

33

Toen ik opgestaan was om weer aan het werk te gaan, hield ze me tegen. Ze legde haar hand op mijn borst en zei dat ik maar niet zo op alle praatjes moest letten.

Ze veegde een lok haar van mijn voorhoofd, glimlachte heel lief en daarna liet ze me gaan. Ze had zichzelf duidelijk weer hervonden. Het leek wel of ze een beetje opgelucht was.

Kwam dat dan door ons gesprekje?

Dat leek me nogal sterk.

Ik had de koffiekan op het tafeltje laten staan, maar toen ik haar kantoor weer binnenliep om 'm te pakken zat ze alweer achter haar bureau te werken. Ze merkte mij niet op.

Na het weekeinde hield ze me staande op de galerij. Ik was onderweg naar de pakkamer om daar wat papieren op te halen en er het een en ander voor mijn werkzaamheden te controleren. Ze vroeg me of ik, als ik tijd had, even bij haar langs wilde komen.

Ze wilde terugkomen op wat we vorige week samen besproken hadden. Ik was blij dat ze blijkbaar ander werk voor me gevonden had.

Pas na de lunchpauze had ik tijd om bij haar langs te gaan, maar ze was blijkbaar al naar huis. Haar bureau was in ieder geval helemaal opgeruimd.

Ook de lichten in haar kantoortje waren al uit.

Er was niemand aan wie ik kon vragen waar ze was of dat ze nog terug zou komen. Het leek me dus het beste als ik weer terug zou lopen naar mijn eigen kantoor.

Om een briefje aan haar te schrijven ben ik even achter haar bureau gaan zitten. Een van de directeuren kwam het kantoortje binnen gelopen. Ik verwachtte dat hij boos zou zijn en zou vragen wat ik daar aan het doen was.

Hij liep naar het bureau en trok nogal bits het briefje onder mijn handen vandaan. Met een gestrekte arm draaide hij het om en las het. Zonder verder wat te zeggen of mij nog een blik waardig te gunnen, draaide hij zich om en liep terug naar de deur.

Omdat ik niet wist wat ik moest doen, was ik in een soort reflex opgestaan. In de deuropening draaide hij zich om en vroeg of ik haar vriend was. Hij had op het briefje vast gelezen dat ik er "lieve Hélène" boven had gezet en dat ik "ons afspraakje" niet had kunnen nakomen.

Verder was ik nog niet gekomen, toen hij binnen kwam.

Eigenlijk had ik er alleen nog maar mijn naam onder hoeven zetten.

Is dat vriendschap, ik wist niet wat voor antwoord ik op zijn vraag moest geven. Ik had dus volstaan met het ophalen van mijn schouders en deed er verder ook het zwijgen toe.

Om heel eerlijk te zijn vond ik het een beetje vreemde, arrogante kerel met zijn bruine kop. Er hing een indringende after-shave walm om hem heen en hij droeg een paar opzichtige gouden manchetknopen.

Omdat ik niks te vertellen had liep hij door, de galerij op. Ikzelf wachtte nog even om niet gelijk achter hem aan te hoeven lopen. Het briefje maakte ik snel nog even af. Ik schoof het onder een pootje van haar type machine.

Toen ik ongeveer een uur later naar de kantine liep voor weer een kan verse koffie zag ik hem buiten op het parkeerterrein in een auto stappen en wegrijden. Vanzelfsprekend was het zo'n echte, dikke directeuren wagen.

Om een uur of half vijf kreeg ik via de telefoniste een gesprek door via de telefoon op mijn bureau. Het was Hélène, ze vond het jammer dat ze plotseling was weg gegaan, maar ze wilde me zo gauw mogelijk even spreken.

Ik had niet de moed om haar over de telefoon te vragen naar het hoe of waarom. Het bleef een tijdje stil aan de andere kant van de lijn en ik vroeg dus maar of ze zich nu alweer wat beter voelde.

Ik ging er vanuit dat ze ziek was geworden en daarom wat vroeger naar huis was gegaan.

Ze gaf geen antwoord, maar humde.

Ik maakte er uit op dat ze nog niet helemaal was opgeknapt en wilde het telefoongesprek beëindigen.

Toen ik even opkeek zag ik dat er zeven mensen in mijn richting zaten te staren. De collega's verbaasden zich er duidelijk over dat ik zomaar opeens opgebeld werd.

Het was in al de tijd dat ik hier nu werkte immers de eerste keer dat ik via het apparaat op mijn tafel een binnenkomend gesprek voerde. Hiervoor zal ik 'm hooguit twee of driemaal gebruikt hebben, om zelf eens iemand op te bellen.

Er volgde een diepe zucht en ze vroeg of we elkaar "vandaag nog" konden spreken. Ik wist in welke staat mijn kamer intussen verkeerde, dus in een impuls gaf haar het adres van de kroeg waar ik regelmatig een biertje dronk.

Ze zegde toe er vanavond om een uur of negen te zijn. Nog wat vroeg voor de echte gezelligheid daar, maar het betekende ook dat de vriendenschaar er dan nog niet zou zijn.

In mijn favoriete café is het in de vooravond druk met lui die na hun werk een biertje komen halen en met mensen die, voordat ze de boodschappen thuis gaan uitpakken, een glaasje "limonade" komen drinken. Geen uitbundige sfeer dus, maar meer een rustige wat bezadigde voorbereiding op de avond.

Meestal is dat volk uiterlijk rond een uur of half negen allemaal naar hun woningen verdwenen. Dan blijft het er tamelijk rustig tot even na tienen.

Het hangt er natuurlijk wel een beetje vanaf of er buiten iets boeiends gebeurt want als er bijvoorbeeld voetbal uitgezonden wordt zijn ze zo weer weg om op tijd plaats te kunnen nemen voor het apparaat.

Heel soms haalt Willem zijn eigen tv van boven uit de huiskamer om met de hele ploeg een wedstrijd te volgen, maar dat is pas echt een uitzondering.

Tegen alle verwachtingen in was het die avond om omstreeks kwart voor negen nog steeds druk in het café. Misschien was het aanbod op de tv vanavond erg saai en was iedereen daarom wat langer blijven hangen.

Er zaten in ieder geval, nog opvallend veel "aan de bar hangers" en verlate "boodschappen doeners".

Die indeling hanteerden wij, de vaste jongens, namelijk.

Normaal hang ik, als ik zo vroeg ben wat rond in de buurt van de bar, maar vanavond stond er een meisje achter waarover iedereen het eens was dat zij het school voorbeeld van een "nitwit" is.

Die moest zelf de glazen maar even ophalen en de asbakken legen. Deze "kracht" zou mijn activiteiten zeker niet belonen met een drankje van het huis.

Om de tijd van het wachten aangenaam te doden had ik me aan een tafeltje aan de zijkant bij de muur gesetteld met een stapeltje stripverhalen. Willem liet altijd wel een stapeltje slingeren en het was bij iedereen bekend dat je die niet moest meenemen.

Hélène kwam om zes over negen binnen en liep gelijk naar mijn tafeltje. Ik stond meteen op om haar uit haar jas helpen, maar ze had het koud en zei dat ze 'm liever aanhield. Ze had geen dorst, maar bliefde wel een kopje espresso.

37

De bartroel wist het verschil tussen espresso en cappuccino niet en daarom duurde het even voordat ik terugkwam. Er zijn van die gelegenheden waarbij je alles toch het beste zelf doet.

Terwijl ik me weer eens met de koffie bezig hield, zag ik dat Hélène even in mijn lectuur zat te bladeren.

Eenmaal weer bij haar aangeschoven, vond ze de koffie erg goed gelukt. Ze verbaasde zich er over dat ik de weg in deze zaak zo goed kende. Ze zou eens moeten weten hoeveel uren ik hier per week doorbracht, maar het leek me niet zo belangrijk om daarover nu uit te wijden.

Ik viel maar gelijk met de deur in huis en vroeg haar of het nog gelukt was om binnen de firma ander werk voor me te vinden.

Helaas was ze hier nog niet aan toe gekomen.

Maar ze had Jonas vanmiddag gesproken en die had haar verteld over het berichtje dat ik aan haar had geschreven.

Ze bedoelde vast mijn aanwezigheid op haar kantoortje.

Wie die Jonas was kon ik me wel voorstellen. Ik vroeg me in stilte af of zij hem altijd bij zijn voornaam noemde.

Of betrof het hier misschien hetzelfde stoere gedrag waarop ik andere personeelsleden ook regelmatig betrapte. Heel populair hoor om de directie bij hun voornaam te noemen. Ik verwachtte eerlijk gezegd niet dat zij zich daar ook schuldig aan zou maken.

Vooral in het magazijn, op de werkvloer zeg maar, bleek dat gedrag nogal in de mode.

Een van de medewerkers van de pakkamer kwam steevast van het toilet met het verhaal dat op de pot naast hem "Kees Ham vreselijk had zitten vloeken".

Als een van de aanwezigen, bijvoorbeeld een toevallige uitzendkracht maar nog geheel onbekend met het grapje, dan vroeg waarom dat was kwam de bij de anderen al lang bekende inswinger dat "hij zat te scheiten en met z'n ballen in de stront had gehangen".

Vooral verteld in het plaatselijke dialect klinkt de grap wel aardig. Iedereen moest er telkens weer vreselijk om lachen.

Het is denk ik overbodig om te melden dat die betreffende meneer Ham een van de directieleden was.

Na haar koffie wilde ze wel een glaasje witte wijn, maar die moest dan niet te droog zijn.

Voor mij was het tijd voor een nieuw biertje, dus voor de zoveelste keer in mijn nog korte carrière wijdde ik mij aan het heen en weer dragen van vaatwerk en verse drankjes.

Ze had het niet koud meer en hing haar jas over de rugleuning van de stoel. Ik verbaasde me erover dat ze het met de dikke trui die ze er onder droeg ooit koud had kunnen hebben.

Ik probeerde het gesprek weer op het werk te krijgen en vroeg haar wat die Jonas eigenlijk binnen het bedrijf deed. Ze liet het bij "niet veel" en verzonk in gepeins.

Dat hij zo'n beetje de eigenaar was had ik ooit, uit opmerkingen van de collega's, begrepen. Of was hij nou de zoon van de oprichter?

Ik vond het wijzer om er verder niet naar te vragen. Het deed er onder deze omstandigheden eigenlijk niet toe. Het was namelijk duidelijk niet het goede onderwerp om verder op in te gaan. Ze was klaarblijkelijk nog niet voldoende opgeknapt om over het werk te willen praten.

Gelukkig voor mij speelde er juist een leuk liedje over de geluidsinstallatie, dus ik kon het gesprek daarop brengen.

Ook dat was niet zo'n goede zet, want ze wist "niks" van "moderne muziek". Ze merkte het een beetje snibbig op en dan moet je weten dat het plaatje een wereld hit van de afgelopen zomer was.

Ik kon zo gauw niet besluiten waar we het dan over moesten hebben, dus bleven we een tijdje in stilte voor ons uit zitten kijken.

Het is opvallend hoe snel drankjes verdampen onder zulke omstandigheden. Ik stond daarom op om mijn glas nogmaals te laten vullen. Zelf lustte ze er ook nog wel een en om te illustreren dat ze de wijn echt heel erg lekker vond sloeg ze de rest van haar glas met een fikse teug in een keer achterover.

Het café was intussen een beetje leeggelopen en omdat ik me toch een beetje verantwoordelijk voelde voor de stemming, vroeg ik wat haar favoriete muziek was. Ik kon nu gemakkelijk een leuke plaat voor haar opzetten, de nitwit achter de bar wist heel goed dat ik de eigenaar, Willem, erg goed kende.

Jacques Brel is niet de meest voor de hand liggende muziek in ons café, maar wonder boven wonder bleek zijn greatest hits elpee er te liggen en kon ik zijn bronzen stemgeluid even later uit de boxen laten schallen.

Ik had de versterker maar wat harder gezet, want zoveel viel er in de praktijk momenteel niet te bespreken. Om heel eerlijk te zijn vond ik niet dat je erg vrolijk werd van de muziek, maar voor haar was dat kennelijk toch anders. Ze kreeg er wel erge dorst van, want ze had in no-time haar volgende glas wijn leeg. Wederom hield ik me daarom met de drank voorziening bezig.

Toen de Belgische zanger in het Frans niet verlaten wilde worden fleurde ze opeens helemaal op en vroeg me of ik nog ergens met haar naartoe wilde. Om "nog een afzakkertje" te halen.

In stilte verbaasde ik mij over haar kennis van de plaatselijke terminologie. Met deze woorden kon ze namelijk niets anders bedoelen dan dat ze het op een zuipen wilde gaan zetten.

Ze vond dit café niet zo leuk meer en wilde met me naar een

"barretje" dat ze nog kende van vroeger. Ze verklaarde dat ze hier een aantal jaren geleden een tijdje verkering gehad had met een student.

Het was intussen al over tienen en voor mij dus ook de hoogste tijd om weer eens ergens anders heen te gaan. Ik ging even afrekenen, hielp haar in haar jas en samen gingen we vervolgens naar buiten.

Ze bleek wat onzeker te lopen op deze schoenen en de kinderhoofdjes, dus ze hield zich aan mijn arm vast om zich te ondersteunen. Ik wist precies waar de door haar bedoelde bar was. Het was niet eens zo heel ver lopen.

Voordat we de hoek bereikt hadden hoorde ik het brommertje van een van mijn kroegvrienden voor het café tot stilstand komen. Hij was kennelijk niet alleen, want achter me ik hoorde hem iets tegen iemand roepen. Wij liepen door. We moesten nog naar die bar van haar.

Onderweg wees ze me een aantal plekjes aan waar ze vroeger wel eens was geweest. Een restaurant waar ze ooit een keer met haar ouders had gegeten.

De chinees waar de student van die verkering vaak wat te eten had gehaald en de plek waar je op de zaterdag markt heerlijke noten kon kopen. Het viel me op dat ze goed bekend was met de stad.

Ondanks een paar subtiele vragen kon ik er niet achter komen of ze hier vroeger misschien had gewoond of zelf gestudeerd had. Ze gaf gewoon geen antwoord.

Stevig hield ze zich vast aan mijn arm. Alleen toen ik haar een direkte vraag stelde over waar ze precies gewoond had "toen", drukte ze mijn arm nog iets vaster tegen zich aan. Ik durfde haar niet aan te kijken, was bang dat ik te persoonlijk was geworden.

Het laatste wat ik wilde was haar beledigen of op de een of

ander manier boos maken.

Ik had geen accent opgemerkt waaruit ik op had kunnen maken of ze misschien hier uit de buurt of juist van de andere kant van het land zou komen.

Ook vanavond had ze de hele tijd gearticuleerd gesproken, maar zonder dat het ooit bekakt had geklonken. Op de zaak zou haar spraakgebruik kunnen doorgaan voor een "maniertje". Een houding die bij haar functie hoorde.

Maar klaarblijkelijk sprak ze altijd zo netjes.

Ze vertelde dat ze momenteel niet ver van de zaak op kamers bij een hospita woonde, maar dat was slechts tijdelijk. Wat er precies aan haar woonsituatie zou gaan veranderen vertelde ze er niet bij.

Ik kon me niet voorstellen dat iemand in het achterlijke dorp aan kamerverhuur deed, dat leek me toch meer iets voor de stad. Er was daar toch helemaal geen Universiteit. Ze hadden er geeneens een goede school. Alle slimme leerlingen uit dat dorp kwamen altijd met de bus hiernaartoe. Naar onze scholen, hier in de stad.

De door het bedrijf voor haar betaalde huur zou heel veel goedmaken. Ze drukte het me op het hart, zonder dat ik me er haar bevoorrechte positie uit op maakte.

Het drong op dat moment namelijk niet zo tot me door. Terwijl ze er, achteraf bezien toch heel duidelijk de nadruk op legde. Ze heeft me er zelfs heel even kort nog eens bij in mijn arm geknepen.

Het was nog erg koud op straat. Ze bleef dicht tegen me aanlopen en hield zich vooral vanwege het ongelijke plaveisel natuurlijk, stevig aan mijn arm vast. Voor mij had het barretje nog wel honderden kilometers verderop mogen liggen. Ik vond het wel gezellig zoals we erbij liepen.

Ik wilde haar nog veel meer over mijn woonplaats vertellen. Haar wegwijs maken hoe gezellig ik het er had. Misschien was het een idee om haar wat vaker uit te nodigen. Als ik een tijdje zuinig deed kon ik haar wel een keertje uitnodigen om uit eten te gaan. Er zijn in de stad echt een heleboel leuk eettentjes.

Ik zou haar nog uren kunnen onderhouden over mijn vrienden, mijn tijd op de school en zelfs over mijn toekomst plannen. Al waren die er momenteel vooral op gericht om mijn baantje te behouden. In ieder geval voor de komende tijd.

Totdat ik voor mezelf besloten had wat ik wilde gaan doen.

Het leek me leuk om bij haar in de buurt te zijn. Ik vond haar erg aardig en hoopte dat we elkaar nog vaak zouden kunnen ontmoeten. Zeker onder soortgelijke omstandigheden.

Vanzelfsprekend was ze een stukje ouder dan ik, maar ik begreep dat ze dat zelf waarschijnlijk niet zo belangrijk vond. Ze was er in ieder geval nog niet over begonnen of had zich als een oudere tegenover mij gedragen.

Nu ik haar zo een tijdje "in het wild" had meegemaakt viel het me zelfs op dat ze heel meisjesachtig kon doen. In de kroeg was ze in ieder geval niet opgevallen, terwijl ze er zich waarschijnlijk niet zo thuis had gevoeld. Niet dat het er kinderachtig was, maar zij kwam volgens mij op heel ander plaatsen en maakte veel wereldser dingen mee.

Dat stelde ik me zo voor tenminste.

We liepen hier gezellig te keuvelen. Onder deze omstandigheden was er niet zoveel ruimte voor dat soort onderscheid.

43

III

Het was in het door haar voorgestelde barretje niet druk, maar de muziek stond er wel erg hard. We gingen aan het uiteinde van de lange bar zitten en hingen onze jassen op de haakjes aan de muur achter ons.

Iedere vorm van conversatie, buiten in elkaars oor schreeuwen, bleek echter onmogelijk. Het deed me qua atmosfeer daardoor een beetje aan het magazijn op de zaak denken.

De barman vond de Latijns Amerikaanse muziek klaarblijkelijk zo leuk, dat hij bij ieder nieuw nummer de volumeknop nog iets verder opendraaide. Er zaten twee mooie, donkere vrouwen aan de bar en het was duidelijk dat hij probeerde om een goede indruk op ze te maken.

Ik wist dat je in deze bar ook boven kon zitten. Er stonden daar vroeger al een paar gemakkelijke banken. Hélène en ik sloegen dus op de vlucht daar naar toe.

Ze kwam naast me zitten en we zakten tegen elkaar aan. De banken waren intussen wel heel erg zacht geworden. Alleen als je op het buitenste randje bleef was het mogelijk om min of meer rechtop te blijven zitten. Anders zakte je weg.

Omdat we niet goed wisten wat we moesten doen bleven we een tijdje naar de televisie die aan de muur tegenover ons was opgehangen, zitten kijken. Er was geen geluid bij, dus erg boeiend was het eigenlijk niet.

Ik was hier al meer dan een jaar niet meer geweest, maar er was nauwelijks iets veranderd aan het, nog steeds voornamelijk oranje interieur. De tuttige schemerlampjes, die me altijd voor de geest kwamen als deze zaak binnen de vrienden kring ter sprake kwam, hingen er trouwens ook nog steeds.

Mijn biertje was weer bijna leeg en Hélène wilde ook nog wel een glaasje wijn. Met moeite wrong ze zich rechtop en liep naar trap. Het was haar beurt vond ze en daarom daalde ze af om verse drankjes voor ons te halen. Terwijl ze afwezig was probeerde ik of er een bank was zonder zo'n diepe kuil.

Ik vond het wel leuk om zo dicht tegen haar aan te zitten, maar het verstoorde toch een beetje de spontaniteit. We werden zo gedwongen in een intimiteit waar we niet "aan toe waren".

Ze bleef erg lang weg, zo druk was het beneden toch niet?

Ik schakelde de televisie uit want er was ook op het andere net niks leuks om naar te kijken. Een spannende misdaad serie of film, maar we hadden het begin gemist en ook tijdens het wachten kon ik de draad van het verhaal niet oppakken.

Nadat ze terug was gekomen, kroop ze weer behaaglijk tegen mij aan. Ze legde haar opgetrokken knieën op mijn schoot en legde haar hoofd naast mijn schouder op de rugleuning.

Losjes liet ze haar arm achter mijn hals langs hangen.

Vanzelfsprekend vond ik het toch wel gezellig zo. Ze rook eigenlijk erg lekker en was feitelijk heel lief.

Nu de t.v. uitgeschakeld was werden we er niet meer door afgeleid. De muziek was hierboven trouwens een stuk minder luidruchtig. We konden elkaar een stuk beter verstaan.

Dat kwam natuurlijk ook omdat we intussen letterlijk onze koppen bij elkaar hadden gestoken.

Ze was met die Jonas naar een congres geweest in Genua en had het erg naar haar zin gehad. Ze had er de meeste tijd niet veel om handen gehad.

De direkteur had zich vooral bezig gehouden met zijn kollega's en met vergaderen. Zij had weinig speciaals te doen gehad en dagenlang alleen maar lopen winkelen en slenteren. Ze had het wel een leuke stad gevonden.

Alleen bij het ontbijtbuffet was ze hem tegengekomen, maar ook dan had hij het erg druk gehad met zijn sociale kontakten.

Tweemaal had ze hem op een groot diner moeten begeleiden. Ook toen had hij zich echter voornamelijk met de andere congresgangers, waarvan hij de meeste goed scheen te kennen, bemoeid.

Ze was blijkbaar nogal onder de indruk geraakt van het wereldje waarin ze de afgelopen week verkeerd had.

Toen ze naar mijn leven vroeg wist ik niets te zeggen dat ook maar enigszins in verhouding stond met wat ze mij zojuist allemaal verteld had. Misschien was het mijne zelfs een beetje saai.

Ik maakte dus een korte samenvatting. Ik beschreef haar hoe ik opstond, dan naar mijn werk ging, weer thuiskwam, wat at en vervolgens naar de kroeg ging.

Ze wilde weten of dat iedere keer die ene van daarnet was.

In de weekeinden deed ik eigenlijk ook niet zo veel. Het kwam dan voornamelijk neer op uitslapen, boodschappen doen, een beetje door de stad zwerven langs platenzaken of boekhandels en ter afwisseling weer in de kroeg hangen.

We moeten tenminste een kwartier zo hebben zitten babbelen toen ze opmerkte dat ze langzamerhand een beetje moe werd.

Als ik hier nog even wilde blijven mocht dat van haar, maar zij wilde naar huis toe, naar haar kamer.

Ik wilde haar liever naar haar autootje brengen, deze bar was uiteindelijk helemaal niet zo leuk. Zeker niet om er alleen te blijven. Het leek me ook veel galanter om de dame naar haar wagen te begeleiden.

Ik vertelde haar dat ik zulk gedrag van huis uit had meegekregen. Hetgeen ze een erg grappige opmerking scheen te vinden.

Voor mij begon het ook al laat te worden. Onderweg herinnerde ik haar er nogmaals aan dat ze me toegezegd had om ander werk voor me te zoeken.

Ze zegde toe dat we daar morgen nog maar eens over moesten praten.

Intussen waren we bij haar lelijke eendje aangekomen. Ze bood aan om even langs mijn huis te rijden. Ze deed alsof ze geïnteresseerd was geraakt in waar ik woonde en omdat onze ouders kennelijk bij hun opvoeding hetzelfde boek geraadpleegd hadden, vond ze dat zij mij thuis behoorde te brengen.

Ik was blij dat ze om mijn grapjes moest lachen.

Onder het lopen had ze mijn arm weer beetgepakt. Zo nu en dan legde ze haar hoofd ook nog even op mijn schouder.

Het leek me wel een goed idee en de route was niet lastig uit te leggen. Haar auto stond uiteindelijk al aan de goede kant van het water en ik was vanavond, in verband met een lekke band en omdat ik heel vroeg was, lopend naar de kroeg gegaan.

Het leek er intussen op of dat alweer uren geleden was. Toen we aangekomen waren bij haar autootje stelde ze voor dat ik zelf even zou rijden, maar dat ging natuurlijk niet omdat ik nog helemaal geen rijbewijs had.

Bij mijn huis aangekomen bleek er een parkeerplaatsje vrij. Ze manoeuvreerde er haar autootje met wat moeite in.

Voordat ik daadwerkelijk uit kon stappen sloeg ze allebei haar armen stevig om mij heen en drukte een innige kus op mijn mond. Ze zei dat Jonas dacht dat ik haar vriend was.

47

Dat had de slimmerd vast opgemaakt uit het briefje dat ik vanmiddag op haar bureau had achtergelaten.

Ik zei dat ik haar lekker vond ruiken en streelde wat over haar haren. Ik drukte een kusje op haar voorhoofd en stapte uit.

Toen ze wegreed toeterde ze tweemaal kort als afscheid. Helaas een minpuntje, maar ik nam mij voor om het haar niet kwalijk te nemen.

Het kroegmaatje dat ik die avond buiten had horen aankomen op zijn brommertje was nog even langs gekomen om te vragen met wie hij mij daar had zien lopen en waarom ik hem niet had geantwoord. Behulpzaam als altijd hebben we samen de voorband van mijn eigen brommer even geplakt.

Hij had Hélène alleen maar vanaf een afstandje gezien, maar ze waren het er binnen over eens geworden dat zij een "stuk" was. De nitwit had mijn maten blijkbaar van de vereiste details voorzien.

Binnen ons groepje waren we unaniem over het meisje achter de bar. Dat maakte het tamelijk gemakkelijk om Hélène in vergelijking met haar eens krities te beoordelen. Ze viel in vele opzichten mee!

Het werd erg gezellig en na verloop van tijd moesten we ook het voorraadje pils van mijn buurvrouw een eindje verder op de gang aanspreken om de opgebouwde dorst te kunnen lessen. Zelf is die er ook nog even bij komen zitten om uit de eerste hand van onze verhalen te kunnen genieten.

Om kort te zijn moet ik dus toegeven dat ik de volgende ochtend een vreselijke koppijn had en mijn bed niet uit kon komen.

Het zou misschien een van de laatste dagen op mijn werk zijn en ik moest zeker eens trakteren, maar vandaag kon ik nauwelijks op mijn benen staan.

Na minstens een kwartier onder de hete douche, voelde ik me nog steeds niet beter. Ik belde op om te melden dat ik ziek was en dat ik verwachtte morgen zeker wel weer opgeknapt zou zijn. Bij een vorige kater was dat ook al eens eerder goed gegaan, dus waarom zou het vandaag anders lopen?

Het was inderdaad geen probleem geweest dat ik er de dag ervoor niet was geweest. Ze hadden weliswaar nu zelf een paar keer naar de kantine gemoeten voor koffie, maar daar waren ze tamelijk gemakkelijk overheen gekomen.

     Een keer was de telefoon op mijn tafel gegaan en de secretaresse van de direktie was ook even komen vragen of iemand wist waar ik uithing. Dat hadden ze voor me kunnen oplossen door haar te vertellen dat ik er niet was.

Om een uur of kwart voor tien ben ik met een stapeltje papieren langs Hélène d'r kantoor gelopen om te kijken of ze al op het werk was.

Hoewel er wel wat spullen op haar tafel lagen en het er daarom op leek dat ze aanwezig zou zijn, was ze er zelf niet. Misschien was ze even weggeroepen of "in vergadering", dat kwam uiteindelijk wel vaker voor. Toen ik op de terugweg weer langs haar kamertje liep was de situatie er nog ongewijzigd.

Een klein uur later, toen ik nogmaals koffie moest halen, was ze er nog steeds niet. Ik had er eigenlijk op gerekend dat ze me die dag verder wilde helpen met het vinden van ander werk hier.

De situatie werd nijpend, omdat het mij min of meer duidelijk was geworden dat dit wel eens mijn laatste dag hier kon zijn.

Mijn kollega's hadden me al een paar keer verteld dat die nieuwe mensen volgende week al zouden komen. Eentje had er zelfs ronduit op aangedrongen dat ik vandaag nog zou trakteren.

Eerlijk is eerlijk, ik had ze inderdaad begin vorige week, al meteen na het verhaal van de afdelingschef zoiets toegezegd.

Ook toen ik na de lunchpauze langs haar kantoortje liep was ze afwezig, al kon ik uit de verandering in de schikking van haar spulletjes op haar werktafel opmaken dat ze er intussen wel geweest moest zijn.

    Toen ik net weer aan mijn bureau zat ging de telefoon. Het was Hélène. Ze had me zien lopen over de galerij, maar had me niet willen roepen omdat ik op dat moment met een paar kollega's was.

Ze vroeg of ik straks even bij haar langs wilde komen.

Ze wilde iets met me bespreken.

Een half uur later liet het werk wel toe dat ik even naar haar toe ging, maar ook toen was ze, alweer niet aanwezig. Ik liep verder naar het einde van de galerij in de richting van de grote hal met het trappenhuis.

Ik hoopte haar misschien in de brede gang van het magazijn te zien.

Ze zou er ergens tussen de stellingen kunnen lopen. Maar ik zag haar niet. Even liep ik het bordes voor de trap in de hal op, om te kijken of ze er misschien beneden bij de receptie zou staan. Ik keek door de grote ruiten naar buiten en zag de auto van Jonas, die ene baas van haar, wegrijden over de parkeerplaats.

Het zei me niets, dus ik draaide me om om weer terug te gaan naar mijn werkplek. Achter me hoorde ik Hélène mijn naam roepen.

Ze stapte net uit de lift en wenkte me naar haar kantoortje. Ik wist niet zo goed hoe ik mijn afwezigheid van gisteren moest uitleggen.

    Gelukkig bleek dat helemaal niet nodig, want ze vroeg er

niet naar. Ze deed de deur achter me dicht en duwde me in een van de stoelen.

Ze bood me ook nog koffie aan, maar daar had ik niet zoveel trek in. Zelf bleef ze staan. Vlak voor de stoel waar ze me ingeduwd had.

Ze wilde me een voorstel doen. De volgende week zou ze eigenlijk een paar dagen op vakantie gaan naar Griekenland, maar de persoon met wie ze oorspronkelijk zou reizen was verhinderd en had dus moeten afzeggen.

Ze wilde weten of ik een geldig paspoort had en met haar mee wilde gaan?

Ze vroeg me met nadruk of ik zin had om haar te vergezellen.

Alles zou al geboekt en betaald zijn, dus daar hoefde ik me geen zorgen over te maken.

Aanstaande donderdag was het vertrek.

Ze voegde eraan toe dat ze het heel gezellig zou vinden. Dat ze er naar uit zag om samen op reis te gaan.

Terwijl ik me, een beetje uit het veld geslagen, op probeerde te richten keek ze me aan. Ik kon me even niet verroeren.

Hier vlak voor me stond een vreselijk aardige, aantrekkelijke vrouw die me een fantasties voorstel deed. Hoe moest ik daar op reageren?

Nog voordat ik de drie stappen naar de deur had kunnen maken ging ze voor me staan. Bezwerend legde ze haar hand op mijn borst.

Ze keek me aan.

"Ik hoop dat je ja gaat zeggen"

Daarna liet ze me er langs.

IV

'S morgens vroeg, al om half zeven, stond ze in haar lelijke eendje op me te wachten in de straat. Met lopende motor en een hele korte druk op het toetertje. We moesten ons namelijk flink haasten, omdat we al heel erg vroeg op Schiphol aan de vertrekbalie verwacht werden.

Ik gooide mijn koffertje op de achterbank en zag in de gauwigheid dat zij er wel twee bij zich had. Het tasje met mijn handbagage hield ik bij me omdat daar mijn ontbijt nog in zat. Voor haar had ik ook wat lekkers meegenomen.

Toen ik wilde instappan bleek er nog een grote tas in de ruimte voor de voorbank te liggen. Ik begon me af te vragen of ik voor de veertien dagen die er voor ons lagen wel genoeg verschoning bij me had. Misschien had ik niet helemaal doorgekregen wat we allemaal gingen doen.

Ik had haar vorige week eerst gevraagd of ik er nog even over mocht nadenken. Door de consternatie vergat ik prompt om haar ook even te vragen naar dat andere werk.

Eigenlijk dacht ik er vanuit te kunnen gaan dat het een en ander na de vakantie, die mij nu zomaar in de schoot was komen vallen, wel goed zou komen.

Een halfuurtje nadat ze me had uitgenodigd zijn we naar de banketbakker in het dorp gereden om, als afscheidsgebaar, gebakjes voor de kollega's te halen. Ze had het me aangeboden omdat het buiten zo regende. In de auto zei ze nog een paar keer dat ze erg verheugd was dat we samen op reis zouden gaan.

Binnen het bedrijf was Hélène trouwens degene die de uitzend baantjes regelde, dus feitelijk hoefde ik me helemaal geen zorgen te maken over dat andere werk. Ze kon me altijd ergens op een andere afdeling tewerk laten stellen.

Terwijl we het er over hadden stelde ze voor om onze reis ook in uren om te zetten, maar dat leek me teveel op fraude en daarom niet verstandig. Zelf vond ze dat niet belangrijk, er werd volgens haar zoveel met uren en declaraties gerommeld dat dit echt niet op zou hoeven te vallen.

Omdat ik nog nooit in een vliegtuig had gezeten was ik een beetje nerveus. De laatste paar dagen hadden mijn vrienden me er diverse keren op gewezen dat er nog nooit eentje boven was gebleven.

En dat vliegen volgens de statistieken misschien wel veilig was, maar dat je er als ie eenmaal neerstortte toch maar mooi niet meer uit kon stappen om een volgende te nemen.

Hélène stelde me met haar doortastende houding tegenover de stewardessen helemaal gerust. Ik maakte eruit op dat zij wèl over voldoende vliegervaring beschikte.

Hoewel het nog erg vroeg was dronken we alvast een glaasje op de goede afloop en het begin van onze vakantie. Ze had in de auto een van mijn boterhammen opgegeten en we hadden bij de koffie alledrie de gevulde koeken eerlijk samen gedeeld.

Het viel me erg mee. Ik vond vooral het opstijgen erg imposant. Het rijden over de startbanen was eigenlijk niks bijzonders, maar zomaar opeens hingen we boven de kassen bij Aalsmeer en toen verdwenen die ook nog eens in no time achter de wolken.

Pas boven Duitsland meende ik iets te kunnen herkennen van wat er beneden allemaal te zien was, maar dat kwam ook omdat ik eerder afgeleid was door de show die de stewardessen opvoerden met het karretje en de luchtmaskertjes.

Hélène zat in de reisgids te lezen wat er voor de komende dagen allemaal op het programma stond. Zo nu en dan las ze me iets voor, maar we waren duidelijk allebei te vroeg opgestaan. We waren er niet helemaal met de gedachten bij.

Ik probeerde door de flarden bewolking enigszins op te maken waar we op dat moment overheen vlogen. Het uitzicht kwam echter nauwelijks overeen met de kaarten uit de atlas die we vroeger op school hadden moeten leren.

Naast me was Hélène rustig in slaap gevallen.

Nadat we vorige week de afspraak over deze reis hadden gemaakt en weer terug waren gekomen van het gebakjeshalen, heb ik haar niet meer persoonlijk gesproken.

Later ben ik nog wel een bij haar gaan brengen, maar ze was er op dat moment niet. Ik had 'm dus op het toetsenbord van haar typemachine achtergelaten, keurig op een papiertje waarop ik een soort van tuitmondje had getekend. Die zou ze dan pas zien als ze 'm helemaal op had gegeten.

Het afscheidsfeestje op mijn afdeling duurde aanzienlijk langer dan voorzien. Toen ik naar huis zou gaan en nog even langs haar kantoortje liep, was alles daar al gereed voor het weekend.

Mijn gebakje had ze kennelijk wel gevonden en opgegeten, want haar bureau was helemaal leeg.

Eergisteren heb ik haar op het werk opgebeld om de afspraak voor vanmorgen nog even beter af te stemmen. Vlak voordat we de telefoon neerlegden merkte ze nog eens op dat ze er erg naar uit zag.

Ze sprak de hoop uit dat we samen een hele leuke tijd zouden gaan hebben.

Vanaf het begin van de week heb ik me voornamelijk bezig gehouden met de voorbereidingen voor onze vakantie. Er stond ook nog een flinke was, die heb ik bij mijn moeder gedaan.

Mijn kamer en de keuken zijn weer keurig opgeruimd en ik heb ook de ramen gezeemd. Voor zover dat ik erbij kon natuurlijk.

Zelfs de gang is, hoewel het niet eens mijn beurt was, weer keurig aangeveegd en de voordeur mat geklopt.

In de kroeg waren we tot de konklusie gekomen dat ik eigenlijk toch maar een bofkont was. Hélène had duidelijk veel indruk gemaakt.

En om zomaar naar een ver buitenland te kunnen gaan, daarvoor moest je toch wel een heleboel geluk hebben. Ik was duidelijk in de achting gestegen en deze keer had ik daar geeneens een extra rondje voor hoeven te geven.

Vlak voordat het vliegtuig de landing in zou zetten werd ze wakker. Samen hebben we door het raampje naar buiten zitten kijken hoe het landschap steeds dichterbij kwam. Het was net niet te zien hoe de wielen op de landingsbaan neerkwamen. Al vloog er wel een pufje rook langs.

Vanaf het vliegveld naar het hotel moesten we met een busje mee. We bleken samen met twee, wat oudere, echtparen de enige gasten voor de rit.

Hélène en ik waren heel lui met de voeten op onze koffers achterin gaan zitten zodat we zoveel mogelijk ruimte hadden om onze benen te strekken. De hele tocht duurde ruim anderhalf uur en voerde ons door prachtige landschappen. We genoten van het uitzicht.

Toen we nog op het vervoer moesten wachten, hadden we om de tijd te doden in de coffee corner op het vliegveld een paar espressootjes gedronken. Intussen waren we dus wel wakker en zat ik aardig op mijn gemiddelde.

Ze was helemaal niet verbaasd over mijn kleine beetje bagage. Zelf reisde ze namelijk altijd met teveel koffers. Na iedere reis kon ze thuis een deel van haar bagage zo weer terugleggen in de kast.

Voor deze keer had ze eigenlijk niet eens zoveel bij zich.

Ze hoefde immers niet "op netjes".

Een van haar koffers zou trouwens zelfs maar halfvol zitten.

Bij de douane werden we gecontroleerd. Zelfs in het korte moment dat de beambte haar koffers daadwerkelijk open had, heb ik duidelijk gezien dat ze allebei even vol waren.

De man had er even met zijn hand doorheen gewoeld en had vrijwel geen lege speelruimte gehad.

Om haar een beetje te plagen maakte ik een lijstje met spullen die ze dus kennelijk niet bij zich zou hebben. Ik noemde wat nonsens dingen die een mens onmogelijk mee zou nemen.

Mijn grapjes maakten haar steeds vrolijker.

Het laatste deel van de rit voerde langs de kust van Middellandse zee. Die was inderdaad diep blauw in de ochtendzon.

Uiteindelijk heeft het toch bijna twee uur geduurd voordat we bij de balie van het hotel aankwamen en ons konden inchecken. Ik vroeg me af of het minder vermoeiend geweest zou zijn als we vanaf het vliegveld waren gaan lopen. Hoewel het pas kwart over twaalf was, waren we uitgeput.

Het was duidelijk, we waren veel te warm gekleed voor deze omstandigheden en vanmorgen veel te vroeg opgestaan. Na het vervullen van de benodigde formaliteiten gingen we dus zo snel mogelijk naar ons appartement.

Een ruime kamer en twee slaapkamers. Een kleine met een stapelbed en de andere met een dubbele. Langs een van de wanden was ook nog een soort keukentje.

Het appartemen bevond zich op de bovenste verdieping. De zevende. We keken uit over het stadje.

Er was een groot balkon met vier stoelen en een klein tafeltje. Daar in een kast naast de openslaande deuren vond ik ook nog twee ligstoelen, een kinderbox en een parasol.

Terwijl Hélène in de slaapkamer bezig was om alle spullen uit haar koffers naast elkaar in de kast op te hangen, maakte ik voor ons een potje instant koffie. Op het balkon stelde ik de ligstoelen aan weerszijden van het tafeltje op. De andere stoelen liet ik naast de eettafel opgestapeld in de hoek staan.
De voorjaarszon ging nog grotendeels schuil achter het dak. Hoewel er buiten in het briesje dus een aangename temperatuur heerste, kon daar elk moment verandering in komen. Uit voorzorg zette ik dus de parasol ook neer. Ik mikte 'm op de verwachte hoek waaronder de zon zou binnen vallen.
Ik was nog bezig om de stoelen zo te draaien dat we het beste uitzicht zouden hebben, toen ze met de koffiekan en een paar kopjes aan kwam lopen. Met haar vlakke hand tegen mijn borst duwde ze me vriendelijk doch beslist, op een van de stoelen. Deze manier van mij manipuleren was klaarblijkelijk haar gewoonte aan het worden.
Zelf liet ze zich zelf op de andere vallen.
Heel optimistisch had ze een bikini aangetrokken. Ik zag het aan haar blote benen. Er overheen droeg ze alleen een wollen vest. Dichtgeknoopt, dat wel omdat het uiteindelijk toch nog wat frisjes was voor zoveel luchtigheid.
Ze schonk ons allebei een bakje koffie in en draaide zich wat behaaglijker op het kussen. Toen ze zich eenmaal naar haar zin genesteld had spoorde ze me aan om na de koffie mijn spullen ook, zo gauw mogelijk, uit te gaan pakken.
Ze had in de kast, "heus wel", genoeg ruimte overgelaten.
Uit haar opmerking begreep ik dat we de slaapkamer met het grote bed samen zouden gaan delen. De grote twee persoons kamer zeg maar.

V

Nadat we onze koffie op hadden, zijn we nog een tijdje samen in het zonnetje blijven luieren. Hoewel we door het zitten enigszins aan de warmte gewend begonnen te raken en het inrichten van het appartement ons ook enige rust had gebracht, waren we allebei toch tamelijk moe.

Van de spannende reis, want uiteindelijk mijn eerste keer in een vliegtuig en het heel erg vroege opstaan vanochtend natuurlijk. Al was het vooral leuk om zo saampjes even te zitten.

Er was hier eindelijk eens niemand die ons zou kunnen komen storen. Geen collega's, geen vage vrienden uit de kroeg, geen medereizigers, helemaal niemand aan wie we wat dan ook voor verantwoording af zouden hoeven te leggen.

Nu niet en nog leuker, alle komende dagen niet.

Ik voelde me vrij en had de indruk dat er ook van haar schouders een soort last was weg gevallen.

Vanzelfsprekend wilden we allebei niet gelijk vanaf het begin de vakantie gaan zitten verbeuzelen. Dat zou te ver gaan. In het vliegtuig hadden we tenslotte besproken dat we aan "cultuur" zouden gaan doen.

We waren niet voor niets hier naartoe onderweg. Griekenland was uiteindelijk het land met een rijke geschiedenis. Dat had ik nog wel van school overgehouden.

De zon kwam inderdaad na een goed kwartier over het muurtje kijken. Op het balkon begon het hierdoor steeds warmer te worden. Het maakt ons een beetje loom.

Hélène bleef nog een tijdje met haar vest losgeknoopt in de zon zitten dutten. Ik was toen al naar binnen gegaan om ook iets luchtigers aan te trekken.

Op de slaapkamer, tijdens het verkleden bleek dat de beide bedden waren opgemaakt. Hoewel dit bij nadere beschouwing evengoed door het hotel kon zijn gedaan, wist ik het niet of Hélène dat misschien op haar geweten had.

Ik had het haar niet zien doen. Vanaf onze aankomst had ik het gelijk te druk gehad met de inrichting van ons balkon en het zetten van de koffie.

Ik was er helemaal niet aan gewend om in een hotel te verblijven. Zoals nu was ik nog nooit op reis geweest.

Een keer, de laatste grote vakantie vorig jaar had ik met een klasgenoot gekampeerd en toen ik klein was ging ik ieder jaar mee op kamp met de padvinders.

In de kast had ze inderdaad voldoende ruimte overgelaten voor mijn spullen. Het was zoals gezegd een flinke ruime.

Nader beschouwd zou die wel vier volle koffers met winterkleding kunnen bevatten. Ik begreep dat zoiets dan ook wel de bedoeling zou zijn.

Omdat we in het vliegtuig al wat te eten hadden gekregen, sloegen we de lunch in het restaurant beneden over. Het was er intussen feitelijk te laat voor. Toen ik op mijn horloge keek was het over half twee. Op kantoor waren ze waarschijnlijk toe aan het eerste kopje koffie na de pauze.

Het appartement was inclusief ontbijt, aankomstlunch of -borrel, een feestavond en afscheid diner. Het programma zat bij onze reis papieren. Ze had me er onderweg al uit voorgelezen en hier hing het uitvergroot en versierd met erop geplakte plaatjes in de lift.

Onder andere waren er excursies georganiseerd waaraan we konden deelnemen.

Kortom er was van alles mogelijk en het meeste was "all in".

60

Het was ons al wel opgevallen dat er kennelijk niet gerekend was op mensen van onze leeftijd. Gezien de grijze haren in de lobby waren ze meer gericht op bejaarden eigenlijk.

Toen we uiteindelijk allebei zomerkleren aan hadden getrokken, gingen we naar beneden. We moesten natuurlijk nodig boodschappen gaan doen. Het dorpje lag erop te wachten om eens grondig verkend te worden.
Ik had gewoon een spijkerbroek en een T-shirt aangetrokken, maar Hélène droeg een dun jurkje. Het stond haar erg goed.

We hadden nog niet besloten of we s'avonds in ons appartement wilden eten. We zouden net zo goed een restaurant kunnen opzoeken. Het budget stond het een en ander gemakkelijk toe. Op aandringen van mijn moeder had ik me voorgenomen om haar tenminste een keer op een etentje in een goed restaurant te tracteren.
Hélène was overigens wel nieuwsgierig geworden naar mijn kookkunsten toen we daar vanmiddag op het balkon over hadden liggen mijmeren. Zelf hield ze niet zo van koken en ze kon naar eigen zeggen zonder problemen de warme maaltijd vergeten.
Als het moest zelfs wel een paar dagen achter elkaar.
Onder het lopen kon ik haar vormen onder het jurkje wat beter gadeslaan. Ze bleek inderdaad erg slank, meer aan de magere kant. Net niet vel over been eigenlijk.
In de lift, voor ons zo langzamerhand een vertrouwde plek om samen te zijn, was het me opeens opgevallen. De afstand, die er tot nog toe steeds tussen ons aanwezig was geweest begon weg te vallen. Het leek wel of we steeds vertrouwelijker met elkaar om gingen.
Binnen het bedrijf functioneerde zij vanzelfsprekend op een

geheel ander niveau als ik. Ik was daar maar een ingehuurde uitzendkracht, was hierdoor dus vervangbaar, onbelangrijk. Die omstandigheid maakte mij anoniem en misschien wel gezichtsloos.

Nu in Griekenland, maar eigenlijk ook al tijdens de vliegreis leek het of we elkaar heel snel steeds beter leerden kennen. Hier konden we vriendelijk en aardig tegen elkaar te doen.

We hoefden niet meer de afstandelijke collega's te zijn en onze rol te spelen.

Vanmorgen had een van de medepassagiers in het busje gevraagd of we broer en zus waren.

Onderweg, voornamelijk tijdens de rompslomp rond het vliegen, is het mij duidelijk geworden dat ik nog niet zo heel veel heb meegemaakt. Eigenlijk ben ik nog nauwelijks ergens geweest in de Wereld. Ik voelde me in die grote hal, bij al die balies, het internationale karakter van het gezelschap opeens erg klein.

Hélène ging hier heel volwassen, inderdaad als een grote zus eigenlijk, mee om. Ze stelde zich heel voorkomend en lief op, maar was nooit betuttelend. Ik kreeg van haar ruim de tijd om aan al die nieuwe impressies te wennen.

Ze gedroeg zich eigenlijk vooral zorgzaam.

Naar ik aanneem vond ze het wel leuk om mij, haar protégé, te zien tobben. Ze heeft me echter geen moment uitgelachen of het gevoel gegeven dat ze zich voor me schaamde.

In de spiegelwand van de lift zag ik ons samen staan. Schouder aan schouder en heel ontspannen met alleen haar linnen boodschappentasje tussen ons in.

Ze glimlachte toen ze zag dat ik naar haar keek.

VI

Op een van de eerste dagen wilde ik de ober van het terrasje, waar we een glaasje wijn genoten hadden, betalen. Ik vond dat het mijn beurt was. Helaas spreek ik geen Grieks en ik wilde de man een fooi geven.

Ik was echter nog niet zo snel in het gegoochel met de plaatselijke muntjes. We waren hier ten slotte nog maar net en zo gauw heb je die buitenlandse financiën niet onder de knie.

Ik gaf hem dus te weinig geld en zei hem dat het zo goed was. Dat pikte hij vanzelfsprekend niet en werd in eerste instantie ook nog erg boos. Misschien mag ik, als Astérix lezer, spreken van mediterraan gedrag om het een en ander te verduidelijken.

Hélène riep hem tot de orde en hielp mij om hem alsnog, maar nu precies gepast want de fooi had hij verspeeld, te betalen.

Dat was de enige keer tijdens onze vakantie dat ik me, een klein beetje, haar mindere voelde. Ze sprak veel beter Engels als ik. Doordat ze klaarblijkelijk veel meer had meegemaakt, wist ze kordater op te treden in lastige situaties.

De routine was intussen zo dat we, als we uitgeslapen en uitgebreid ontbeten hadden naar buiten gingen. We liepen wat door het stadje of we bleven een uurtje aan het strand liggen. Zij hield wel van zwemmen, maar de zee was hiervoor nog te koud. Een van de eerste dagen wilde ze het toch erg graag een keer proberen, maar toen ze weer uit het water kwam heb ik haar zowat een kwartier warm moeten wrijven voordat ze weer een beetje op adem was gekomen.

Bij het arrangement waren brommertjes inclusief. De andere gasten maakten hier geen gebruik van, dus voor ons stonden er altijd een paar klaar. Overigens waren we 's morgens meestal als eersten beneden.

In de middag maakten we dus bijna iedere dag wel een ritje in de omgeving. We gingen naar de omringende dorpjes om daar onze boodschappen te doen of gewoon wat door de straatjes te slenteren.

Een enkele keer was er eens een markt. Niet speciaal voor de toeristen, want die waren er rond die tijd nog nauwelijks maar een echte dorpsmarkt met plaatselijke produkten. Eigenlijk voornamelijk voor de plaatselijke behoeften, maar meestal was er ook ten minste een stalletje waar niet alledaagse, zeg maar luxe goederen verkocht werden.

Ze kocht er een leuke jurk en ik mocht haar een bijpassende sjaal cadeau doen.

Toen we er eenmaal achter waren dat er een agenda bij de balie van het hotel hing waarop dit soort aktiviteiten waren aangegeven, hoefden we niet meer op de bonnefooi door de omgeving te zwerven. We konden ons voortaan doelgericht aan de cultuur over geven.

Op een van de marktjes hadden we al een keer makkelijke schoentjes gekocht. Zij wilde graag blauwe want dat was een echte Griekse kleur, maar ik vond die rode leuker dus eindigden we allebei met twee paar. Voor de prijs hoefden we het niet te laten, want die dingen kostten daar bijna niks.

Een van de dorpen, eigenlijk lag die pal achter ons balkon al was het toch nog ruim een halfuur rijden, bekoorde ons speciaal. Het plaatsje had slechts twee straten en er was verder alleen een pleintje, maar er was een winkeltje waar ze heerlijke geitenkaas en verschillende soorten olijven verkochten.

Zo van het veld!

Die had ik regelmatig nodig voor het avondeten. Je kon er aanwijzen wat je wilde en de winkelierster sprak gelukkig een klein beetje engels.

De meeste avonden heb ik het eten klaargemaakt. Het keukentje liet geen culinaire avonturen toe, maar was voldoende om Hélène ervan te overtuigen dat ik een goede kok zou zijn.

We zijn ook een aantal keren in het plaatselijke restaurantje geweest, maar dat was meestal voor de lunch of als we s 'avonds te moe waren geworden van het slenteren of rondrijden. We vonden het allebei veel gezelliger om zo samen te zijn. Als ik bezig was met het koken kwam ze zo nu en dan even kijken of mijn glas nog vol genoeg was. Of zomaar om even uit een van de pannetjes iets te proeven.

In een van de hoekjes van het balkon had Hélène de hoge tafel en twee stoelen zo neergezet dat we in de avondzon de maaltijd konden gebruiken. Na het eten bleven we daar meestal nog even, van de laatste restjes zonnewarmte zitten genieten. Vanzelfsprekend dronken we het staartje wijn dan op.

Om de cultuur ook eens letterlijk te kunnen proeven hebben we een keer retsina gehaald, maar daar vonden we, ook nadat de fles volgens voorschrift een nachtje in het koelkastje had gestaan niks aan. Te bitter. Het verklaarde echter wel waarom veel van die Grieken zo zuur uit hun ogen keken, volgens Hélène.

Het avondlicht wierp iedere keer weer een prachtige roze gloed over haar gezicht en de meeste avonden leek het wel of de zon een poosje stilstond voordat ze helemaal achter de bergen verdween. We lazen nog even een paar bladzijden, bespraken de gebeurtenissen van de dag of onze plannen voor de volgende. Telkens knus en gemoedelijk.

Heel huiselijk eigenlijk.

Helaas moesten we, direkt als de schaduw gevallen was, snel naar binnen want zo vroeg in het seizoen bleek de temperatuur teveel te dalen. Zo hoog op het dak van het hotel stak er gelijk een briesje op en dat maakte het echt te koud om buiten te blijven.

Er was in de huiskamer wel een tv, maar daar waren zo te zien alleen maar politici op. Verder viel er niet veel te doen, want we hadden er allebei niet aan gedacht om naast een boek, ook nog spelletjes of een radiootje mee te nemen.

Op onze tochtjes en winkel excursies hadden we nog geen kiosk aangetroffen waar voor ons leesbare tijdschriften werden verkocht. Alleen maar bladen met foto's van vooral amerikaanse beroemdheden of rare kriebellettertjes als tekst.

Na de afwas dronken we beneden op een van de terrasjes een kopje espresso. In de avond was het in de beschutting van de straatjes aangenaam genoeg om daarna nog een aantal drankjes buiten, onder een luifel en achter glas, te blijven drinken.

Bier voor mij en witte wijn voor haar. Ouzo vonden we ook wel lekker, maar daar moest je erg mee oppassen wisten we.

We hadden gezien dat er in ons olijven dorpje die avond een soort feest zou zijn, dus toen we na de espresso geen zin meer hadden om weer een avond lang glaasjes leeg te zitten slurpen namen we een brommertje om daar naartoe te gaan. Er was er nog maar een, dus ik ging achterop. Dat was knusser, vond ze.

De vakantie duurde nog maar een paar dagen en we begonnen ons bezwaard te voelen dat we nog niks hadden gedaan dat ook maar enigszins cultureel te verantwoorden was tegenover de thuisblijvers. Er moesten hier in de buurt prachtige ruïnes zijn en ook die leuke kleine kerkjes die her en der verspreid op de heuvels lagen moesten heel interessant zijn, maar we hadden er totnogtoe nog niet aan gedacht daar ook wat aandacht aan te schenken. Dit bezoekje zou ons tekort wellicht compenseren, want zo'n volks feest is natuurlijk heel erg authentiek.

Hélène zag intussen prachtig bruin en haar haren waren, ondanks de zonnehoed die ik haar op de tweede dag al had gegeven, nog weer een paar tinten blonder geworden. Ikzelf moest nodig naar de kapper en was trouwens, dat moest ik toegeven, ook al aardig gebruind.

We genoten van het weer. We hadden eigenlijk genoeg aan de verhalen die we elkaar vertelden en de ideeën die we de hele dag samen uitwisselden. Ik kon me intussen al bijna niet meer voorstellen hoe het ideale leven er anders uit zou moeten zien.

Een kant van het pleintje was met gekleurde lichtjes, palen, grote lappen in allerlei tinten bruin en zeilen omgetoverd in een soort tent. Schuin voor de kerk was een soort bak waarin, uit een pijp in het muurtje erachter, een dun straaltje water sijpelde. Vorige week hadden we daar een keer onze voeten heerlijk laten afkoelen. Nadat we een lange wandeling hadden gemaakt tussen de heuvels.

Op een van die wandelingen bleek er ook een klein meertje te zijn, waarin het volgens Hélène ideaal was om nu te gaan zwemmen. Ze had haar bikini niet bij zich, dus moest het naakt.

Ik houd niet van water, maar ze wist me ervan te overtuigen dat het heerlijk was, dus ik ben er ook even in geweest. Voordat we onze kleren weer aan konden hebben we ons, liggend op een rots, laten opdrogen in de zon. Er was niemand in het dalletje die aan ons gedrag aanstoot had kunnen nemen.

Pal naast die waterbak hadden ze soort podiumpje opgebouwd. Aan de andere kant stond een lange tafel vol met flessen, kennelijk de plaatselijke wijn en er lagen ook nog verschillende soorten worsten. Er zou, zo te zien, een soort tombola worden gehouden. Voor een paar muntjes kon je er lootjes voor kopen.

67

De dorpelingen zaten aan lange tafels. De flessen die ze wonnen werden gelijk opengemaakt en iedereen aan de tafels dronk vervolgens gezellig mee. Eerst bleven we een tijdje als volleerde toeristen tussen de bewoners rondlopen, maar een aantal van hen herkenden ons en wenkten dat we erbij moesten komen zitten.

Hélène en ik kochten ook een paar lootjes. We kregen allebei een glas en men schoof wat dichter naar elkaar om voor ons een plaatsje vrij te maken. We waren de enige niet Grieken aan tafel realiseerde we ons toen we er eenmaal zaten.

Er volgde weer een nieuwe ronde. Op een groot wiel waren de nummers aangebracht en degene die het spul bediende riep, met luide stem om, wat er gewonnen werd en op welk nummer de prijs gevallen was. Zo konden we toch nog wat van de taal leren door de nummers en de klanken te kombineren. Niet gelijk een Gymnasium opleiding, maar als je eenmaal kon tellen in een taal was er tenminste een basis.

Intussen werden onze glazen volgeschonken en probeerden de mensen om ons heen een gesprek te beginnen. Met handen en voeten, wat Duitse, Engelse, Franse en de afgelopen dagen geleerde Griekse woordjes ontstond er zowaar een soort conversatie.

Ik moest tot mijn genoegen opmerken dat Hélène er net zoveel moeite mee had als ik om onze tafelgenoten duidelijk te maken dat we hier op vakantie waren en over een paar dagen weer naar het verre Holland zouden vertrekken.

Omdat we begrepen hadden dat de tombola het goede doel ondersteunde, maar voornamelijk omdat we niet voor niks de hele tijd met deze vriendelijke mensen mee wilden drinken, kochten we nog een aantal lootjes. We legden ze voor ons op de tafel, zodat iedereen met ons mee kon kijken bij de volgende ronde.

Onze glazen werden konstant bijgevuld en de worsten werden in grote brokken gesneden voordat ze tussen de glazen op de tafel werden gegooid. Het was er erg gezellig, "iedereen tastte toe en de drank stroomde rijkelijk", zou mijn moeder opgemerkt hebben.

Op een van onze lootjes wonnen we ook een fles en die wilden we, omdat we dachten dat dit erbij hoorde, ook ter beschikking stellen aan de feestvreugde. De mensen aan onze tafel stonden dit echter niet toe.

Neen, wij waren hier te gast en we moesten begrijpen dat het een enorme belediging was als wij nu al onze fles open wilde maken. Die was voor ons.

Wij moesten de fles samen opdrinken als we weer thuis waren!

Onze hoofden werden bij elkaar geduwd en de mensen aan onze tafel waren allemaal heel erg blij voor ons.

Er kwam iemand met een gitaar en die begon liedjes te zingen. We kenden ze niet, maar konden uit de reakties wel opmaken dat ze hier in de omgeving erg populair waren.

Op een gegeven moment kwam de zanger naar onze tafel en hij bracht tot groot genoegen van onze nieuwe vrienden een serenade aan Hélène. Daarna was ik aan de beurt.

Mijn taalvaardigheid was helaas nog niet voldoende om achteraf ter kunnen vertellen waar het lied over ging, maar iedereen was dol enthousiast. Ze sloegen mijn schouders zowat blauw.

Misschien moet ik even vertellen dat een aantal jaren ervoor in Nederland een film had gedraaid met Anthony Quinn in de hoofdrol. De titelmuziek van die film, ik heb het over "Zorba de Griek", was een tijdlang razend populair.

Je kon in die tijd de televisie niet aanzetten of trio Hellénique voerde het muziekje, al dan niet met de bijbehorende danspasjes en in originele klederdracht gestoken, op een zeer aanstekelijke wijze uit. Ik heb een keer meegemaakt dat ik bij het overschakelen van Nederland 2 terug naar Nederland 1 hetzelfde muziekje uitgevoerd zag worden. Dat waren indertijd trouwens de enige twee keuzes die bestonden.

Ik had intussen een aantal glazen van de wijn op en durfde het wel aan. Omdat de mensen zo enthousiast waren over onze aanwezigheid, dacht ik namelijk dat het wel een leuk idee was om het dansje van Zorba een keer hier op het plein uit te voeren. "When in Greece do as the greeks", zeg maar.
De meeste aanwezigen hadden de hele tijd op hun gat gezeten en volgens mij kon een beetje beweging beslist geen kwaad. Daar ging ik van uit.
Ik had thuis dat dansje intussen zo vaak gezien dat ik ervan overtuigd was dat ik zeker wist hoe het moest. De meeste liedjes die de gitarist speelde leken overigens wel een beetje op het muziekje dat ik in mijn hoofd had, dus ik waagde het erop.
Ik stond op en nadat ik nog snel mijn zakdoek tevoorschijn had gehaald omdat ik mij zojuist gerealiseerd had dat dat er ook bij hoorde, greep ik de man die naast me stond bij zijn schouder en hield mijn andere arm horizontaal.
Heel even meende ik in Hélène's ogen een soort paniek te lezen toen ze me op zag staan. Ze wist dan ook niets van mijn voornemen om het pleintje om te toveren in een grote dansende massa. Misschien was ze bang dat ik zonder haar weg zou gaan, maar dat zou onder deze romantische omstandigheden zeker niet gebeuren.
Ik riep een keer "hoppa"! en ging ervan uit dat dit het sein voor de aanwezigen moest zijn om allemaal mee te dansen. De man

die ik beet had gepakt wurmde zich echter los en ging snel aan de tafel zitten.

Er was niemand anders die nu nog stond en ik moest daarom wel alleen de dans uitvoeren. Ik deed mijn andere arm ook horizontaal, kruiste mijn benen en liet me een beetje door mijn knieën zakken.

Vanzelfsprekend had ik niet zo'n folkloristies kniebroekje of van die kniekousen met kwastjes aan, maar ik ging ervan uit dat die Grieken daar wel doorheen zouden kunnen kijken.

De gitarist stond met zijn rug naar me toe en was intussen aan een heel ander deuntje begonnen. De wijsheid was nu echt in de kan en ik kon me niets anders bedenken dan stug vol te houden.

Ik deed alsof de door mij uitgevoerde bewegingen deel uitmaakten van een grondig bestudeerde choreografie en huppelde nu, terwijl ik mijn benen zo nu en dan kruiste of door mijn knieën zakte tussen de tafels. Mijn zakdoek wapperde vrolijk met me mee en het lukte me zowaar om de aandacht van de gitarist te trekken.

Prompt geschiedde er een wonder. Ook van de andere tafels sprongen nu mannen op die elkaar bij de schouders grepen. Er vormden zich spontaan groepjes die in kringetjes begonnen rond te dansen. Een paar keer meende ik de muziek te herkennen die op de tv door het Griekse trio gespeeld werd. Achter me hoorde ik iemand zelfs een keertje "hoppa" roepen.

Het oorspronkelijke idee om het plein om te toveren in een dansende massa leek gestalte te krijgen.

Kennelijk hadden alle feestgangers erop zitten wachten tot er iemand was die het initiatief toonde om de mannen in beweging te laten komen. Op de achtergrond was de kerkklok begonnen met luiden. Of dat voor de bevolking misschien het teken was geweest om op mijn inititatief in te gaan ontging me echter in de euforie.

Na tenminste een kwartier springen en dansen was ik tamelijk moe geworden. Ik liet me naast Hélène aan de tafel neerploffen. Ze gaf me een dikke zoen en riep dat het langzamerhand tijd werd om naar ons appartement terug te gaan.
Tegelijk stonden we op, maar hieruit maakten een aantal feestvierders op dat we nu samen een dansje wilde wagen. We werden dus naar het midden van de hossende massa geduwd.
De mensen persten ons tegen elkaar aan en dwongen ons zodoende om heel innig een soort dans uit te voeren. Ik keek haar diep in de ogen en zei dat ik het de afgelopen dagen erg naar mijn zin had gehad. Niemand die ons kon verstaan, al was onze manier van doen natuurlijk wel voor iedereen begrijpbaar.
Ik was blij dat ze me had meegenomen en gaf haar een kusje op haar wenkbrauwen. Ze legde haar hoofd op mijn schouder en we lieten ons met gesloten ogen onderdompelen in de sfeer op het pleintje.
    We moeten zo minstens een paar minuten tegen elkaar aangeleund hebben gestaan. Na een paar tellen deden we onze ogen weer open en zagen dat de meeste mensen om ons heen weer waren gaan zitten.
Alleen een aantal stelletjes om ons heen hadden zich, net zoals wij, door het zingen aan de tafels laten inspireren.
Toen mijn ogen weer helemaal aan het licht gewend waren bleek de gitarist ook alweer aan een van de tafels plaats genomen te hebben. We liepen naar de tafels.
Er was een lege plek op de bank en daar lieten we ons op neervallen.
Het was zo langzamerhand duidelijk dat de avond zijn bekroning zou gaan vinden. De man bij het wiel met de

nummertjes deed een lange aankondiging en de mensen liepen erop af om nog een aantal lootjes te kopen.

Hélène en ik kochten er allebei twee en we probeerden weer een plaatsje te vinden aan de tafel waar we eerst gezeten hadden. Al spraken we de taal niet, doordat we al met deze mensen een tafel gedeeld hadden, was er toch een soort band ontstaan.

Op de, intussen bijna lege prijzentafel waren een grote pop in folkloristische dracht en een heel stil, bibberig geitje neergezet. Iedere keer als de man zijn aankondigingen deed en vervolgens aan het wiel draaide verstomde het lawaai.

Alleen een zacht geroezemoes bleef er maar hoorbaar. Naarmate de prijzen tafel verder leeg raakte viel er een plechtige sfeer over het gezelschap.

We wonnen weer een fles wijn en degene die we al eerder gewonnen hadden werd, omdat we toch aan een andere tafel terecht waren gekomen ook gelijk naar ons toe gebracht. Deze Griekse mensen letten echt heel goed op ons.

De volgende prijs was beslist een grote want de algehele vreugde en opwinding namen merkbaar toe. De spanning die er tussen de tafels aan het ontstaan was, werd bijna voelbaar.

Er stond langzamerhand een van de mooiste dingen van de vanavond te gebeuren.

Plechtig gaf de man het wiel een reuzen zwieper en naarmate het langzamer draaide werd het gezelschap steeds rustiger. Toen het eindelijk stilstond was iedereen doodstil geworden.

De man riep iets, maar omdat wij geen Grieks verstonden begrepen we niet direkt dat wij gewonnen hadden. Het gejuich en schreeuwen maakten dit echter heel snel duidelijk.

Hélène werd door de omstanders in de richting van de man toe geduwd en intussen werden mijn schouders weer veelvuldig beklopt.

Heel het dorp leefde weer intens met ons mee en iedereen wilde laten zien hoe blij ze voor ons waren.

Aan de tafel waar ik zat, was het en komen en gaan van mensen die mij het een en ander kwamen zeggen. Had ik nou maar beter opgelet, want het meeste ontging me echt.

Het groepje met Hélène kwam intussen aan bij de ceremoniemeester. Ik kon het tussen de mensen door zien en had eigenlijk liever wat dichter bij haar gestaan.

De man, waarvan ik intussen begon te vermoeden dat hij ook de burgemeester van het dorp was wilde een toespraak houden, maar de joelende omstanders maakten hem duidelijk dat hij het kort moest houden omdat Hélène hem toch niet kon verstaan. Snel drukte hij het geitje bij haar in haar armen.

Om het een en ander te bekronen gaf de oude snoeper haar tenslotte een kus op allebei haar wangen. De mensen juichten en het groepje dat haar terug naar onze tafel begeleidde groeide onderweg flink.

Iedereen wilde ook Hélène complimenteren.

Het geitje mocht tussen haar en mij in op de bank staan. Het beestje liet zich gedwee door iedereen die ons kwam gelukwensen aaien. De hele tijd had het geen kik gegeven, terwijl ik toch van de kinderboerderijen thuis wist dat ze daar meestal de hele dag stonden te blaten.

Alsof de voorzienigheid ermee gespeeld had! Wellicht had het dus zo moeten zijn dat we samen op een brommer gekomen waren. Om het hele stuk terug naar het hotel te gaan lopen, daar had ik geen zin in.

Misschien kon Hélène het geitje op schoot nemen als ze bij mij achterop zat. We overlegden de mogelijkheden terwijl om ons heen de feestvreugde enigszins begon te verminderen.

Helemaal geen probleem.

De dorpelingen hielpen ons met veel enthousiasme toen we op het brommertje klauterden en ze reikten het geitje voorzichtig aan haar aan. De twee flessen wijn werden behoedzaam en nadat ze door iemand in een, even snel in zijn huisje opgehaalde, krant gerold waren in het boodschappenmandje voorop aan het stuur gelegd.

Voordat we aan onze terugreis begonnen maakte ik nog even een ererondje op het pleintje. Deze geste werd gezien het gejuich dat het losmaakte, zeer op prijs gesteld. Daarna konden we toch onderweg met onze buit.

De bewoners bleven ons nog een lange tijd nawuiven. Pas bij de eerste bocht hoorden we dat het gejuich en roepen op het plein minder werd. Al raakten we natuurlijk ook steeds verder van het dorpje verwijderd en hielden de heuvels veel geluiden tegen.

Gedurende onze hele reis over de donkere weg kon Hélène het beestje als een baby in haar armen houden. Deze geit was de rust zelve. We hadden misschien een hoop gespartel en gemekker kunnen verwachten, maar dit diertje gaf echt geen kik.

Het rijden op de stikdonkere weg kostte me wel heel veel concentratie. We wilden natuurlijk niet ten val komen.

Dan zou de geit het beslist op een lopen zetten en was het helemaal de vraag of we 'm ooit nog terug zouden kunnen vinden. Wonderlijk eigenlijk hoe we zo snel aan ons nieuwe vriendje gehecht waren geraakt.

Op de weg lagen overal keien en we wisten dat er op de vreemdste plekken kuilen zaten. Overdag was het namelijk al een lastig stuk om af te leggen. Ook als je alles wel heel goed kon zien moest je toch goed opletten.

Dat ik een flinke hoeveelheid van de wijn gedronken had maakte het er ook niet gemakkelijker op. Gelukkig was er de frisse rijwind, die hield me wakker en alert.

Het schijnwerpertje bovenop het voorwiel, dat dienst zou moeten doen als koplamp gaf nauwelijks licht. Verder dan een kleine twee meter voor het brommertje uit, liet zich nauwelijks iets onderscheiden. Dan moest het wel precies in de bundel vallen.

Een van de bejaarde mede reizigers had een keer verteld dat er in dit deel van het land erg veel wilde zwijnen zaten. Hij was er een aantal jaren geleden speciaal voor hier naar toe gekomen.

Ik wilde er nu niet aan denken dat we er een tegen zouden komen.

We zeiden niets, ik moest op de weg letten en Hélène droeg de zorg over het geitje. Telkens als ik afremde voelde ik hoe zij zich steviger aan mij vastklampte. Het was echter elke keer echt nodig, ik deed het niet expres of voor de aardigheid.

Het duurde niet al te lang voordat we achter de heuvels het schijnsel van het stadje konden zien. Het plaveisel van de weg werd dichter bij de bebouwing van de bewoonde wereld ook eindelijk beter.

Naarmate we dichter bij het stadje kwamen hadden we dit stuk van de weg ook vaker afgelegd en ik kon dus ook een beetje vertrouwen op mijn herinnering. Ik wist ongeveer waar de grote kuilen zaten. De weg was verder verlaten, dus ik kon aan de beste kant rijden.

Het laatste stuk bleek hier en daar zelfs verlicht met een soort lantaarnpalen.

VII

We voorzagen dat we het diertje niet zomaar langs de receptie het hotel in zouden kunnen meenemen. De hoofdingang met de ruime hal en de lange balie waren op dat moment dus geen optie.

Rond deze tijd van de avond werd die overigens meestal door twee personen tegelijk bemand.

Onder het voorbijrijden, buiten op straat was het ons al opgevallen dat een aantal gasten nog buiten op het terras zat.

Uiteindelijk was het natuurlijk ook nog helemaal niet laat. Al begon het na tienen meestal rustig te worden omdat de meeste oudjes dan naar bed gingen.

Ook achter de ramen van de lobby hadden we mensen zien rondhangen.

Het hotel had aan de achterkant nog een ingang. Eigenlijk meer een zijdeur die vlak naast de liftkoker meteen in het trappenhuis uitkwam. Deze deur hadden we al een paar keer eerder gebruikt omdat de bromfietsjes altijd aan de achterkant van het gebouw geparkeerd stonden. Het was officieel natuurlijk geen ingang, maar wel de kortste weg naar de bommertjes.

Ook nu bleek de deur van het slot.

De lift was voor ons alleen en de gang naar ons appartement bleek gelukkig ook helemaal uitgestorven. Alleen de ijsmachine in het halletje maakte ons aan het schrikken omdat ie net luid krakend een verse voorraad blokjes uitbraakte toen we erlangs slopen.

Hélène liep nog steeds met het geitje in haar armen. Bij de stalling achter het gebouw had ze er mijn vest over heen geslagen. Dit voor het geval we binnen iemand tegen zouden komen.

Zoals ze erbij liep leek het er nog het meeste op of ze een baby in haar armen had.

Ongezien zijn we dus gedrieën in ons appartement aangekomen.

Ik had in het koelkastje nog het restje van een krop sla, die konden we wel aan het geitje geven. Nu we weer in de bewoonde wereld waren lustten we zelf trouwens nog wel een klein glaasje ouzo. Dat hadden we de afgelopen dagen toch leren waarderen. Ook daarvan stond nog een fles met een staartje erin in de koelkast.

Voorzichtig knabbelde de geit de blaadjes op die we hem, een voor een, aanboden. Hélène was naast me op de bank komen zitten nadat ze de drankjes voor ons had ingeschonken. Het was tamelijk fris in de kamer. Voordat we weggingen hadden we namelijk de deur naar het balkon open gelaten. Ze kroop dus heel dicht tegen me aan.

Ik sloeg mijn arm om haar schouders. We hoefden geen deken, ze zou zich wel aan mij warmen. Behaaglijk schuurde ze zich nog iets dichter tegen me aan.

Het moet een idyllisch gezicht geweest zijn als iemand ons zo samen met onze geit in de weer had kunnen zien. Gelukkig zaten we hoog op de zevende verdieping en hoefden we ons totaal niet te bekommeren om inkijk.

Ik voelde me na verloop van tijd wel een beetje belachelijk met dat beest. Zoals die daar met die malle kleine hoefjes tussen de stoelen en de tafel door onze huiskamer trippelde.

Zoals eigenlijk te voorzien was geweest, stuiterde er na een paar minuten een aantal keutels achter de geit over de tegelvloer. Ik schoot in de lach, want vond het wel koddig.

Hélène had opeens een vreselijke slaap en zei "maar eens" naar bed te gaan. Omdat ik het zo grappig vond liet ze het opruimen aan mij over. Ze stond op, rekte zich eens omstandig en eigenlijk zeer uitdagend uit, tikte mij bemoedigend boven op mijn hoofd en liep naar de badkamer.

Nadat ik de rommel had opgeruimd besloten we dat de geit vannacht maar op het balkon moest slapen. De stoelen moesten dan wel wat verder van de balustrade af worden gezet, want ik meende dat geiten graag ergens op staan. Ik had tenminste wel eens gezien dat ze in de dierentuin liever boven op het dak van hun hok stonden in plaats van erin.

Ik wilde niet op mijn geweten hebben dat het beestje de zeven verdiepingen naar beneden zou vallen.

Terwijl we naar bed gingen stond het geitje voor onze balkondeur naar binnen te kijken, maar toen eenmaal de lichten uit waren konden we hem/haar niet meer zien.

Wel konden we horen hoe het diertje over het balkon scharrelde. Het getik van z'n hoefjes en hoe hij plotseling met een van de stoelen over de vloer schoof.

Er viel even later iets kletterend op de tegels, maar daarna werd het buiten rustig. Zelfs vanaf de straat beneden drongen er geen geluiden meer tot ons bed door.

Onze geit bleek in de veronderstelling te verkeren een haan te zijn, want de volgende ochtend werden we heel erg vroeg gewekt door gemekker voor de balkondeur van onze slaapkamer.

Kennelijk hadden de vroege zonnestralen zijn of haar stembandjes eindelijk losgemaakt. In een flits zag ik op het wekkertje dat het nog niet eens halfzeven was.

Buiten het geblaat was het nog doodstil.

Hélène gooide met een zwaai het dekbed van zich af, sprintte de kamer door en deed de balkondeur open om het

79

beestje binnen te laten.

We hadden geen idee hoelang het gemekker al bezig was. Als het ons had gewekt, waren we dan de enige of konden we erop rekenen dat intussen het hele hotel nu in rep en roer was?

Even aarzelde het geitje. Met een scheef kopje keek hij naar het bed, maar toen huppelde het vrolijk over de tegelvloer tikkend naar me toe.

De aanloop was genoeg om 'm met een flinke sprong boven op mij te laten belanden. Even bleef hij staan, overzag zijn prestaties en liet zich toen pardoes door zijn pootjes zakken.

Mijn zij bood echter niet genoeg ondersteuning en hij gleed achter me naar het midden van het bed.

Het zag er blijkbaar erg leuk uit, want Hélène kwam niet meer bij van het lachen. Ze hield zich staande aan de stoel terwijl ze kreten slaakte over mijn gezicht.

Ik had mezelf kennelijk eens moeten zien!

Ze moest zo lachen, dat ze het plotseling onder het roepen van "in haar broek piesen" op een rennen zette naar de badkamer.

Ik bleef liggen. Het diertje lag rustig tegen mijn rug, daar had ik geen last van. Als ie zijn kop hield kon ik nog wel even verder slapen. Het was er nog vroeg genoeg voor.

Achter mij lag het geitje intussen aan mijn kussensloop te knabbelen. Met een forse ruk trok ie zelfs opeens het kussen geheel onder mijn hoofd vandaan.

Dat ging me toch echt te ver.

Ik sprong uit bed en probeerde het beest er vanaf te jagen.

Door mijn plotselinge bewegingen rolde hij om. Het beestje deed verwoede pogingen om aan het verste einde weer op te staan.

Het bed was blijkbaar iets te zacht, want het kostte 'm erg veel moeite om alleen al overeind te komen. We stonden zo tegenover elkaar toen Hélène de kamer weer binnen kwam.

Het geitje schrok ontzettend van de plotselinge overmacht waartegenover hij nu gesteld was. Een voor een keek het dier naar ons op, alsof ie zijn kansen stond te berekenen.

Misschien was hij vergeten dat we bondgenoten waren?

Wie hadden hem hier immers diep in de nacht veilig naar toe gebracht?

Toen hij de kust kennelijk veilig genoeg achtte, sprong hij van het voeteneinde en galoppeerde door de nog open staande balkondeur weer naar buiten. Hij zag hierbij nog wel de kans om op het dekbed een aantal kleine, groene keutels achter te laten.

Omdat het diertje verder zijn kop scheen te houden, lieten we het zo. Hélène ruimde de troep van het bed op met een flink stuk wc papier dat ze uit de badkamer haalde. Ook zij vond het nog heel erg vroeg en was het ermee eens dat we in feite nog lang niet uitgeslapen waren.

Een beetje vies van de keutels die op haar helft van het bed hadden gelegen, kroop ze aan mijn kant dicht tegen me aan.

Ik schikte de kussens zo dat ik een beetje omhoog lag en zo op de achtergrond het balkon in de gaten kon houden. Haar hoofd legde ze in de kom van mijn schouder. Ik hoefde alleen haar haren maar een beetje opzij te blazen om eroverheen te kunnen kijken. Hélène slaakte een diepe zucht.

De warme lucht die ze uitademde streek over mijn borst.

Ik kon me helaas niet zo goed ontspannen. De laatste akties hadden misschien nog geen vijf minuten geduurd, maar ik was nog niet helemaal gerust op de situatie. Ieder moment konden we verwachten dat onze geit weer zou gaan mekkeren.

Ik stelde voor om op te staan en het beestje ergens in de heuvels

81

los te laten. Het was op dat moment het enige idee dat bij me opkwam.

We konden 'm zo vroeg, voordat het hotel leven los zou barsten nog makkelijk naar buiten smokkelen. Ongeveer zoals we vannacht binnen waren gekomen, maar dan andersom.

Eigenlijk was het jammer dat we ervoor op moesten staan, want we lagen zo wel lekker samen. Hélène vond het op zichzelf wel een goed idee, maar ze wilde er toch nog even over nadenken.

Ze schurkte zich tegen me aan en duwde haar hoofdje dichter tegen mijn hals. Toen ik dacht dat ze eindelijk comfortabel zou liggen, trok ze zichzelf nog wat dichter tegen me aan en slaakte weer een diepe zucht.

Het geitje scharrelde rond op het balkon. Zo nu en dan zag ik 'm langs de open staande deur lopen. Hij durfde niet meer binnen te komen.

Een keer zag ik door het raam hoe hij rechtop op zijn achter pootjes stond en probeerde de blaadjes van de plantjes die daar in potten hingen af te happen.

Volgens mij hingen ze te hoog.

Omdat de rust was teruggekeerd, zijn we allebei weer in slaap gesukkeld. Toen we wakker werden lag het geitje op ons voeten eind op iets groens te kauwen.

Ik was er niet helemaal gerust op en probeerde me voor te stellen wat er aan groene dingen in de slaapkamer aanwezig waren. Op het balkon wist ik alleen de plantjes die ze buit had kunnen maken te bedenken. Maar waar ie op lag te kauwen was een andere kleur groen. Niet een "natuurlijke" versie.

Omdat ik me een beetje had bewogen werd Hélène wakker. Ze rekte zich uit, kuste me op mijn borst en kondigde aan dat ze zich ging douchen. Ik probeerde haar nog wat bij me te houden, maar ze worstelde zich los.

Toen ze uit bed stapte viel de geit van het voeteneinde en holde met klepperende hoefjes weer naar buiten. Zonder hier verder aandacht aan te schenken liep ze door naar de badkamer. Nog voordat ze door de deur ging trok ze haar nachthemd over haar hoofd heen uit en gooide deze met een boogje over eens stoel.

Nadat ik ook gedoucht had, was het intussen te laat geworden voor het ontbijt beneden in de eetzaal. We hadden nog wat crackertjes, een blikje sardientjes en een stuk van de gisteravond ook nog gewonnen worst.

De koelkast moest overigens leeg, want de volgende dag was de slotdag van onze vakantie. Morgenmiddag om een uurtje of vier zouden we immers weer naar huis terugreizen.

We stonden samen aan het kleine aanrecht van de keuken ons geïmproviseerde ontbijtje weg te werken toen onze geit vanaf het balkon de kamer in kwam getrippeld.

Met z'n kopje een beetje scheef keek het hoe wij daar stonden. We hadden mijn voorstel van vanmorgen nog niet verder besproken, maar het was intussen uitgesloten dat we het beestje ongezien langs de receptie weer naar buiten zouden kunnen smokkelen. Om er speciaal een grote tas voor te gaan kopen in de bazaar beneden, zodat we hem daarin konden vervoeren leek ons ook teveel rompslomp.

Volgens Hélène had Gijs een "beetje honger". Ze was er toen ik nog onder de douche stond namelijk achter gekomen dat ons huisdier een mannetje was en had hem gelijk een naam gegeven. Ze begon duidelijk merkbaar aan het beestje gehecht te raken.

Er was nog een stukje van de krop sla voor 'm over. Volgens haar zou hij waarschijnlijk ook wel wat willen drinken.

Gezien de omstandigheden besloten we om voorlopig nog even

83

in het appartement te blijven. Vanmiddag konden we altijd nog even boodschappen gaan doen.

Hélène durfde Gijsje niet alleen achter laten. Ze was bang dat hij het hele hotel bij elkaar zou blaten en wilde niet het risico lopen dat we voor onze laatste nacht op straat gezet zouden worden.

Misschien schaamde ze zich wel voor de verantwoordelijkheid die we op ons genomen hadden.

Waarom we het idee hadden dat het houden van een geitje in het appartement verboden zou zijn, of waarom daar vreselijke sancties op zouden staan was me niet duidelijk.

Er waren genoeg mensen die een hele grote hond meenamen op vakantie. Wat kon daarom het bezwaar zijn tegen een geitje als huisdier?

We hoefden ons er immers niet voor te schamen dat hij dikke drollen op de straatjes zou deponeren of dat hij met z'n geblaf de andere hotelgasten uit hun slaap zou houden.

Hier in Griekenland woonden heel veel geitjes en die liepen vrijwel allemaal los in de natuur rond. Als je het goed beschouwde kon hij niemand iets kwaads aandoen.

Ons huisdier was heel erg rustig en als je ging zitten werd hij zelfs een beetje aanhalig. In ieder geval was hij al een paar keer tegen mijn hand op komen bokken toen ik mijn arm naar hem uitstrekte.

Ik zette een kopje koffie maakte het ons gemakkelijk op het balkon. Gijs had de plantjes inderdaad allemaal te pakken gekregen en tot ruim een meter van de grond opgesnoept.

Zo hoog had ie kennelijk maximaal kunnen reiken.

Over de vloer van het balkon lagen trouwens overal zijn kleine ronde keuteltjes verspreid. Daar moesten we dus in de loop van de dag maar eens een paar emmers water overheen gooien.

In tegenstelling tot de voorgaande dagen bleek het erg fris te zijn buiten. Als we er comfortabel bij wilden zitten dan moesten we zeker een vest of trui aantrekken.

Voor mij stond toen nog vast dat we die dag een gelegenheid zouden vinden om het beestje terug in de natuur uit te zetten. Ik kon me niet voorstellen dat we het diertje mee zouden nemen naar Nederland. Wie moest daar immers voor hem zorgen?
Moesten we ons allerlei problemen op de hals halen met inentingen en dergelijke om hem dan uiteindelijk aan een kinderboerderij te schenken?
    Ik stelde mij voor dat hij hier in zijn eigen omgeving beter terecht zou komen. Hij zou dan weliswaar die inentingen en misschien een perfecte verzorging moeten missen, maar hier was hij wel thuis.
Onderwijl moesten we er wel op letten dat hij niet teveel binnen in de kamer liep, want ik voorzag dat daar de rommel lastiger schoon te maken was.
Het hele appartement was weliswaar betegeld met beige plavuizen, maar ik vond het ook een vervelend idee om met mijn blote voeten in de stront te kunnen stappen. Of we met het stofzuigertje het een en ander afdoende weg zouden kunnen werken, leek me ook nog maar de vraag.

Tot nog toe hadden Hélène en ik overdag niet veel tijd doorgebracht in het appartement. Alleen in de namiddag rond etenstijd en om er te slapen waren we er maar geweest.
Verder hadden we met zijn tweeën de meeste tijd van onze vakantie in de buitenlucht doorgebracht. De brommertjes hadden ons een geweldige actieradius verschaft.
Ze waren echt ideaal geweest.

We waren erdoor in de heuvels bekend geraakt en wisten wel een paar plaatsen te verzinnen waar onze Gijs nog een gelukkig leven zou kunnen hebben. In ieder geval kon ik mij een aantal plekken voor de geest halen waar ik het erg naar mijn zin zou hebben als ikzelf een geitje was.

Een aantal keren waren we, tijdens onze wandelingen of ritjes in de omgeving, op kuddes schapen en geiten gestuit. Een paar dagen geleden hadden we nog vrolijk terug gezwaaid naar een herder die met zijn hondje zo'n kudde aan het hoeden was.

De man had naar ons staan wuiven toen we tussen de struiken door over een paadje reden. Het was er wel erg smal, maar we waren ons niet bewust van enig gevaar. We legden zijn gebaren dus uit als vriendelijkheid en hebben vriendelijk naar hem terug gewuifd.

We konden Gijs vast zonder bezwaar op een mooi plaatsje loslaten. Hij zou zijn weg vast wel verder kunnen vinden. Waarschijnlijk zou hij zich wel bij zo'n kudde aansluiten.

Een vriendelijke herder zou zich zeker met liefde en toewijding over het diertje ontfermen. Hij was echt heel mak.

Misschien was het jammer dat we nu al zo binnenkort weg gingen. Als we nog een paar dagen konden blijven, dan zouden we de gelegenheid hebben om meer mogelijkheden voor hem te onderzoeken.

Nu konden we niets meer controleren.

We waren waarschijnlijk niet eens in staat om hem op de juiste manier op zijn weg naar de vrijheid te begeleiden. Daar hadden we helaas niet voldoende de tijd meer voor.

VIII

Later op de ochtend moesten we toch weer naar buiten. Bij ons ontbijt was vrijwel alles opgeraakt wat er nog in het appartement aan eetbare waren over was. Intussen hadden we trek gekregen.

We durfden Gijs nu wel alleen op het balkon, dat overigens in de folder met terras aangeduid stond, achter te laten. Overdag heerste er rondom het hotel genoeg lawaai om zijn eventuele gemekker te overstemmen. Hij had vanmorgen alle plantjes die hij lustte en onze restjes groenten al opgevreten. Rustig lag hij op het balkon onder de tafel te herkauwen.

Trouwens ons appartement lag op de hoek van het gebouw en bevond zich op de zevende verdieping.

Het hele hotel was daarnaast ook nog eens het hoogste gebouw van het plaatsje. Het moest dus een knappe vent zijn die onder deze omstandigheden last kon hebben van ons kleine geitje.

Gezien de koppen die we aangetroffen hadden in de straatjes en op de kade waren ze daar niet ruim in voorzien.

De afgelopen dagen hadden we regelmatig opgemerkt dat het stadje erg op toerisme ingesteld was. Tenslotte waren er een aantal zaakjes waar we deze vakantie op onze slentertochten uitstekend hadden kunnen lunchen of avondeten.

Het seizoen was natuurlijk nog niet echt begonnen, maar vooral in de middag bleek er toch al het een en ander aan tentjes en grappige zaakjes open. Voor ons was er in ieder geval ruim de keuze geweest en we hadden daar regelmatig gebruik van gemaakt.

Op een van onze wandelingen was gebleken dat er een soort kruideniertje was waar we voor de onontbeerlijke drank, nootjes en andere noodzakelijke zaken voor het verblijf op onze kamer

87

terecht konden. Daar deden we dus onze dagelijkse boodschappen en ook vandaag zeulden we die nu in een grote tas met ons mee.

Voor Gijs hadden we een soort winterpeen en een kropje sla aangeschaft. Heel even hebben we rondgekeken of er in de winkel ook zoiets als krachtvoer of dieren vitaminen voorhanden waren, maar dat bleek een beetje te hoog gegrepen voor zo'n eenvoudige provincieplaats. Als hij nog honger zou hebben kreeg hij een stukje van het grote brood dat we ook gekocht hadden.

Die avond zouden wij uit eten gaan. Dat leek Hélène en mij een leuke afsluiting van onze vakantie. We hadden het er de laatste paar dagen een paar keer over gehad als we na het eten nog wat door de straatjes zwierven. We gingen nooit gelijk of langs de kortste weg terug naar ons hotel maar liepen altijd nog een stukje. Dat zou immers beter zijn voor de spijsvertering.

"Op onze laatste avond kunnen we hier wel wat gaan eten". Als het tentje waar we voor stonden er erg romanties uitzag.

Of als het eten ons ergens erg goed was bevallen, "Als we hier op de laatste avond gaan eten dan neem ik die visschotel".

Meestal bestelden we trouwens een verschillend hoofdgerecht zodat we al etend van elkaars bord konden proeven of het net zo lekker was als het er op het plaatje uitzag.

Tijdens onze lunch waarvoor we een van onze favoriete zaakjes in de hoofdstraat waren binnengegaan, begon het buiten enorm te regenen. De attractie van dit restaurantje was dat je er in de zijwanden kleine, in onze ogen zeer romantische, nissen had. Het leven op straat drong daardoor alleen maar gedempt tot de tafeltjes door. Vooral in het midden van de zaak, ver van de voordeur en het buffet kon je er erg rustig zitten. Knus hadden we ons daar dus genesteld.

We zaten nog gezellig een tweede kopje espresso te drinken toen het lawaai pas helemaal goed tot achter in onze nis doordrong. We hadden ons kennelijk iets teveel door onze beslommeringen laten afleiden.

Duidelijk hoorbaar was het intussen gaan onweren. Toen we naar buiten liepen bleek de regen het straatje in een beek veranderd te hebben.

We kwamen doorweekt weer in het appartement terug. Op de gang en in de lift hadden we zelfs een spoor van druppels achtergelaten. Zo nat waren we op het korte stukje rennen, terug naar de ingang van het hotel, geworden.

Hélène zag er zo, in haar natte kleren wel extra aantrekkelijk uit natuurlijk, maar we hadden het voornamelijk erg koud. We wisten niet hoe snel we deze natte troep uit moesten trekken.

Gijs lag op het zonneterras onder de tafel te schuilen en scheen helemaal niet onder de indruk te zijn van het noodweer. Hij kwam dan ook uit de streek natuurlijk en was er, ondanks zijn leeftijd, wellicht al aan gewend geraakt.

Tussen twee flinke regenvlagen door mikte ik de krop sla en een van de wortels onder de tafel. Maar meneer geit maakte niet de minste aanstalten om op te staan. Minzaam liet het diertje het eten zijn gezichtsveld binnen rollen.

Hij wekte de indruk het erg leuk te vinden hier. In ieder geval scheen hij tevreden te zijn met z'n nieuwe huisje onder de tafel. Gijs begon net aan een van de verse wortels toen een volgende wolkbreuk mij weer naar binnen joeg.

Hélène en ik bleven nog een tijdje in de hotel ochtendjassen rondlopen om enigszins op temperatuur te komen. Onze natte kleren hadden we namelijk gelijk in de badkamer uitgedaan en over de radiator en badrand opgehangen om te drogen. Een en

ander was nogal gehaast gegaan.
Het weer op onze vakantie was buiten letterlijk omgeslagen.

Hélène zat aan de salontafel wat in de paperassen te bladeren. Ze vertelde dat er 's avonds een slotfeest gehouden zou worden. Op de salontafel lag een envelop met onze namen erop tussen de papieren.
Alle deelnemers aan de reis waren er hartelijk voor uitgenodigd. Het was me de afgelopen paar dagen wel opgevallen dat er bij de hoofdingang naast de deuren, bij de receptie en in de lift kleine posters hingen die een feest aankondigden, maar het was nog niet tot me doorgedrongen dat wij daar ook verwacht werden. Ik had er eigenlijk geen aandacht aan geschonken, het was een beetje langs me heengegaan dat ze, hoewel in het Nederlands opgesteld, ook voor ons bedoeld waren.
In mijn achterhoofd had ik me voorgesteld dat Hélène en ik deze laatste avond met ons tweeën zouden doorbrengen. Er stonden me weliswaar nog geen concrete plannen voor ogen, maar ik had er tot op dat moment een romantische voorstelling bij gehad.
Erg veel zin om er nog eens op uit te trekken hadden we gezien het weer intussen niet meer. Het was ook op onze kamer tamelijk koud geworden en noodgedwongen hadden we de kleren die we bij onze aankomst gedragen hadden weer uit onze koffers te voorschijn gehaald en aangetrokken. De radiators tikten wel, maar erg veel warmte kwam er niet vanaf.
De afgelopen weken hadden we voornamelijk in luchtige zomerkleding met hooguit een vestje kunnen lopen maar zelfs dat, of nog een extra shirtje er overheen hielp niet tegen het huidige weer. De toestand deed me weer aan thuis, aan de druilerigheid van Nederland denken.

90

Direct na het ontbijt moesten we verzamelen bij de bus die ons terug naar het vliegveld zou gaan brengen. Een van de grijzende dames uit ons gezelschap wierp me een bemoedigend knikje toe toen ze zag dat Hélène en ik hand in hand naar de lange bank achterin het voertuig liepen. Gisteravond had ze ook al een paar keer oogcontact met me gezocht. Onder het dansen had ze me telkens met een veel betekenende blik op Hélène, dubbelzinnig toegeknikt.

Het gezamenlijke "feest" op de afscheidsavond van de reis was, tegen onze eerste verwachingen in wel leuk geweest. Rondom de patio was op een aantal bij elkaar geschoven tafels een buffet ingericht. In de hoek zat een man met een keyboard moderne liedjes te spelen en vlak voor hem was op de vrijgekomen ruimte een bescheiden dansvloertje gecreëerd. Erboven was een discobal aan het plafond gehangen en voor de verlichting knipperden er een paar gekleurde spotjes.

De vorige middag hadden we samen voornamelijk doorgebracht met het inpakken van de koffers en het opruimen van ons appartement. In de tussentijd hebben we een paar glazen van de door ons gewonnen wijn gedronken. Het bleek inderdaad uitstekend drinkbare wijn en de eerste fles was dus al snel leeg.

Omdat ons gezelschap uit een aantal verschillende groepen bestond voorzagen we dat het feest tamelijk druk zou kunnen worden. Als alle genodigden daadwerkelijk zou komen opdagen tenminste.

Volgens de gestencilde uitnodiging die we zoals ik al schreef na de lunch op onze kamer hadden aangetroffen zou het eten gratis zijn. Iedereen had er ook nog eens twee consumptie bonnen bij gekregen voor een bijpassend drankje.

91

Pas om een uur of tien kwam er eindelijk wat sfeer in het feest. Er waren wat mensen die al de hele avond op de dansvloer gestaan hadden, maar toen de muzikant wat meer up-tempo liedjes ging spelen durfden er meer. Na een tijdje voelden Hélène en ik dat we, hoewel inderdaad de jongste deelnemers van de club niet konden achterblijven.

Vanzelfsprekend werden er later ook een paar slijpnummers gespeeld en kwam er, zij het min of meer, toch nog iets terecht van mijn oorspronkelijke romantischere plannen.

Het had er om een uur of half een zelfs wel op geleken of we in een Hollywoodfilm mee speelden. De man van het keyboard had namelijk een bandje met langzame nummers opgezet.

De obers waren begonnen met opruimen en het duurde niet lang meer of alleen wij tweeën stonden nog op de dansvloer.

Naschrift

Bij het uitchecken uit het hotel hebben Hélène en ik aan de balie geïnformeerd wanneer ons appartement schoongemaakt zou worden. Voordat we alle kasten gekontroleerd hadden en met onze koffers de gang op gingen, hadden we namelijk op de tafel een briefje achtergelaten voor het kamermeisje.

We wilden niet dat Gijs nog lang alleen in de regen onder de tafel zou zitten. Dat plekje bleek hij namelijk, toen we weer terugkwamen om te slapen s'nachts, weer opgezocht te hebben.

Hélène stelde voor om erin te schrijven dat het beestje Gijs heette, maar dat leek me voor die Grieken geen voor de hand liggende naam. Ik vroeg me af of ze het woord zelf konden uitspreken.

We hoopten dat er iemand was die voldoende Engels kon lezen.

Het meisje achter de balie was niet erg duidelijk. Zo kwamen we dus ook niet aan de weet of er binnenkort weer iemand was die zich voor ons appartement ingeschreven had.

We reden weer met hetzelfde busje als op de heenweg naar het vliegveld. Het leek er deze keer wel op dat de chauffeur sneller opschoot. Volgens Hélène leek dat zo omdat we nu bergafwaarts gingen, maar in ieder geval duurde de rit niet weer de eindeloze twee uur die we er de eerste keer over gedaan hadden.

Het gezelschap was wat groter dan op de heenreis. We zaten dus allemaal wat dichter op elkaar, al hadden Hélène en ik de hele achterbank voor ons omdat er ook bagage op was neergekwakt.

Door de regen viel er eigenlijk niet zoveel te zien van het landschap. Toch hebben we de reistijd grotendeels gedood met door de beslagen raampjes naar buitenkijken.

In stilte vanwege de mensen om ons heen. Hélène zat naast me en had haar hoofd dicht naast de mijne. Voornamelijk vanwege het kleine stukje ruit dat ik maar had schoongemaakt en de tassen die bij ieder bocht tegen ons opbotsten.

Iedereen in het busje was trouwens erg stil. De drank op de afscheidsavond was niet gratis geweest, dus of er ook mensen bij zaten die een kater hadden was me niet duidelijk. Ik voelde me zelf, ondanks alle genoten wijn namelijk wel prettig.

Hélène en ik hadden 's morgens samen knus aan een apart tafeltje zitten ontbijten. Daarna zijn we op ons gemak onze koffers op gaan halen. Die stonden nog boven op ons appartement.

93

We hebben liefdevol afscheid genomen van Gijsje, maar ruim op tijd stonden we in de hal klaar voor de rit met de bus.

Ons vliegtuig bleek ruim twee uur vertraagd. We hebben de tijd op de luchthaven gedood met aan een bar hangen en driemaal de taxfree shop helemaal doorlopen. Het was nog veel te vroeg voor drank en we hadden na drie koppen ook geen trek in nog meer koffie. Die was weliswaar gratis door de vliegtuigmaatschappij voor ons klaar gezet, maar er werd niet telkens een verse kan gebracht. Zoiets waren we wel gewend natuurlijk.

Ik had in de reusachtige winkel helemaal niets kunnen vinden wat de moeite van het nog verder rood staan op de giro noodzakelijk maakte. Niet nóg een cadeautje voor Hélène, dat wilde ze niet en ik wist ook aan het thuisfront niemand te bedenken voor wie ik er wel "iets leuks" als souveniertje kon kopen.

Het weekend is tamelijk rustig verlopen. Voor de reis had ik mijn vrienden wel ongeveer verteld wanneer ik weer terug zou komen, maar over de juiste aankomsttijd kon ik indertijd nog geen uitsluitsel geven. Dat kon toen niet omdat Hélène onze reispapieren al die tijd onder haar hoede had gehad.

Eenmaal thuis heb ik dus eerst mijn kamer grondig opgeruimd. Op zondagochtend ben ik wel lekker lang blijven uitgeslapen.

's Middags werd het zelfs heel mooi weer. Dat vormde dus wel een kontrast met Griekenland bij ons afscheid.

Toen we in de vooravond eindelijk weer bij mijn huis aangekomen waren heeft Hélène me pal voor de deur afgezet. Dit ondanks de zaterdagse drukte van de markt op de straten ervoor.

We waren te moe van de terugreis en hadden allebei onze verpichtingen hier thuis om samen nog iets te ondernemen.

94

In het vliegtuig hadden we nogmaals iets te drinken aangeboden gekregen. We hadden toen echter al geen zin meer in nog meer drank.

Een beetje mat, met alleen een vluchtig kusje en "tot gauw", hebben we elkaar gedag gezegd.

Düsseldorf

I

Gerard is ergens wakker van geworden. Met zijn ogen half open kijkt hij slaperig naar het wekkertje. De rode letters vertellen hem dat het nog net geen kwart voor zes is. Hij kan nog makkelijk een tijdje blijven liggen.
Toch richt hij zich een beetje op, het licht is "anders" en hij hoort tamelijk vreemde geluiden.
Het is vooral een doordringend, ruisend geluid, niet zo heel ver bij zijn slaapplaats vandaan dat hem opvalt. Daar is hij daarnet dus kennelijk wakker van geworden.

Opeens dringt het tot hem door dat hij helemaal niet thuis in zijn eigen bed ligt. Verbaasd draait hij zich iets verder op zijn rug om uit te vinden waar hij zich bevindt. Hij realiseert zich dat hij in een hotelkamer is.
Gerard ligt hier in een vreemd bed omdat hij te gast is op de fabriek in Duitsland. Hier in Düsseldorf is een bedrijfstraining waaraan hij deelneemt.
Het verklaart voor dit moment ook de andere geluiden die hij van buiten hoort. Een paar luid sprekende mannen rammelen op een binnenplaats achter het gebouw, kennelijk met vuilcontainers. Hun lawaai echoot hol tussen de hoge gebouwen.
Dit vreemde ruisen komt echter van veel dichter bij.

Het geluid lijkt eigenlijk nog het meeste op een lopende douche. Dat moet dan die van het toilet hier op deze kamer zijn.
In het luxe hotel waar hij bij deze trainingen trouwens al eens eerder heeft gelogeerd, kun je de andere kamers of gasten uiterlaard niet horen. Dit is immers een 5 sterren hotel.

Hij kan zich van een vorige keer hooguit wat geroep op de gang herinneren, dat had toen tamelijk gedempt geklonken door de nogal dikke deur van de kamer. Ook zo heel vroeg in de ochtend hoort het dus stil te zijn.

Hij gaat een beetje overeind zitten en probeert zich te oriënteren op zijn omgeving. Als hij zijn ogen goed open heeft gekregen en ze min of meer gewend zijn aan het schemerige licht, komt de kamer hem weer enigszins bekend voor.

Hij trekt het kussen van het andere bed naast hem ook onder zijn hoofd en probeert nu een beetje zittend rond te kijken in de kamer.

Daar staat bijvoorbeeld de tv., op de stoel links ervan hangen zijn kleren en op het tafeltje er vlak naast staat het lege colablikje.

Die heeft hij tijdens het wachten gisteren in de namiddag, onder het doorbladeren van een tijdschrift leeg zitten drinken. Het kwam uit zijn tas en hij had het oorspronkelijk van huis mee genomen voor onderweg. In de auto.

De kamer is gehuld in een halfduister, er kan door de dikke gordijnen namelijk niet zoveel licht naar binnen dringen. Ze zijn echter niet helemaal tegen elkaar aan, dichtgetrokken. Vandaar het streepje licht in die hoek.

Helemaal rechts, in het halletje bij de toegangsdeur van de kamer, is de douche. Die hoort hij dus lopen.

Het geruis komt bij nadere beschouwing inderdaad uit die richting en lijkt inderdaad van een kraan te komen. De deur van de badkamer staat een kiertje open. Dat is te zien aan het streepje licht van een brandend lampje.

Dat ruisen moet hem zo-even wakker hebben gemaakt.

Hij heeft er geen zin in om er nu gelijk even heen te lopen.

99

Natuurlijk zou hij beter gelijk het lichtje even uitschakelen en de kraan van de douche dicht moeten doen, maar hij ligt nu nog veel te lekker.

Al zou het dus wel beter zijn. Voor de stilte en voor zijn rust.

Op het moment is hij voornamelijk nieuwsgierig naar waarom die kraan nou precies loopt. Hij vraagt zich af hoe de afgelopen avond verlopen is en waarom hij voor dat hij ging slapen de douchekraan kennelijk niet heeft dichtgedraaid.

Het is hem niet helemaal duidelijk of hij vannacht misschien vergeetachtig is geweest. Of waarom hij tegen zijn gewoonte in überhaupt voor het slapengaan gedoucht zou hebben.

Op uitnodiging van de fabrikant zijn ze met alle deelnemers van de training in het restaurant van een brouwerij wezen eten. Gerard zelf was er al een paar keer eerder geweest en had dus zonder er speciaal voor in de kaart te hoeven kijken een "Haxe" kunnen bestellen. Dat gerecht was uiteindelijk, samen met de Altbiertjes, de specialiteit van het huis.

Hij heeft er deze keer "Sauerkraut und Bratkartoffeln" bij genomen. Dat leek hem lekkerder dan rode kool en puree.

Gistermiddag laat is hij er vanuit het hotel samen met de andere deelnemers naar toe gereden.

Eerst zijn ze om half zes volgens afspraak in de hal beneden bij elkaar gekomen. De receptioniste heeft toen een aantal taxi's voor het gezelschap laten komen.

Die Engelse jongen, Trevor heet hij, heeft hij even geholpen bij het lezen van de kaart. Die Duitse letters kon hij namelijk niet goed ontcijferen. Hij had niet door dat de gerechten er eronder ook in "gewone mensentaal" op stonden. Zij het nog wel in het Duits natuurlijk.

Zijn moeder had hem trouwens gewaarschuwd voor de

plaatselijke keuken, daarom heeft hij hem dus ook wat advies gegeven over hoe vet of gekruid de gerechten zouden zijn. Het joch had hem hulpeloos aangekeken en de kaart min of meer onder zijn neus geduwd toen hij zag dat Gerard zijn keuze al had bepaald.

Het bleek voor hem de eerste keer te zijn dat hij überhaupt in het buitenland was.

Terloops had Gerard het aan hem gevraagd. Trevor had hem een vakantie in Wales, als enige buitenlandse bestemming tot nog toe opgegeven.

Hij moest weer glimlachen bij de gedachte dat een Engelsman naar Wales gaat en dat dan vervolgens een buitenlandse reis noemt. Hopelijk was hij zelf niet zo heel erg Nederlands, quasi kosmopolitisch, overgekomen.

Normaal ergerde hij zich er namelijk altijd aan als iemand zich in een gezelschap op zo'n beetje neerbuigende manier manifesteerde.

Nu had hij echter niet anders gekund.

Ze waren naast elkaar op de lange bank terecht gekomen en de jongen had hem er, na het uitdelen van de menu kaarten door de Ober, uiteindelijk zelf om gevraagd. Hij had zich dus allerminst aan hem opgedrongen.

Gerard draait zich wat gerieflijker op zijn rug en probeert het verloop van de rest van de vorige avond voor de geest terug te halen. Het laat hem nu opeens niet meer los en van slapen komt waarschijnlijk toch niets meer terecht.

Hij heeft een vermoeden dat hij daar ergens de sleutel voor het ruisen van de douche kan vinden. Het liefst zou hij de hele afgelopen avond minutieus willen reconstrueren, maar het enige dat hem op dit moment duidelijk wordt is een soort hoofdpijn.

Zo'n pijn die bij hem meestal samenhangt met slaaptekort of de inname van iets te veel drank.

Het is een kloppend gevoel dat gepaard gaat met gejaagdheid.

Hij kan niet goed thuisbrengen hoe hij er aan komt.

De geluiden klinken er harder door.

Ze doen zelfs zeer, maar dan midden in zijn schedel. Hij moet te veel gezopen hebben, want van alleen dat Altbier kan het niet komen.

Hoe laat is het vannacht eigenlijk geworden?

Er schieten hem een aantal fragmenten voor de geest. Hoe ze elkaar na de taxirit weer ontmoet hebben in de straat voor de brouwerij. Dat ze, na het borrelen aan de statafels buiten op de stoep, binnen met zijn allen aan een grote tafel zijn gaan zitten.

Dat ze daar gegeten hebben en dat het er, zoals gebruikelijk in de grote zaak tamelijk lawaaiig was geweest.

Hoe de maaltijd precies is verlopen heeft geen speciale indruk achtergelaten. Hij kan zich alleen herinneren dat het erg warm was en hoe hij met die Engelse jongen heeft zitten praten. Die bleek overigens pas negentien.

Nadat de vertegenwoordigers van de fabrikant, hun gastheren tijdens het etentje en de trainer hadden afgerekend zijn ze even terug gekomen naar de tafel. Ze bleven nog wat napraten en gaven een paar tips over waar er verder op de avond nog iets aangenaams te doen zou zijn.

Voor zo ver hij zich kan herinneren was het toen pas een uur of negen. De avond was nog jong geweest.

Toen ze zo alleen met het internationale gezelschap achter waren gebleven heeft niemand een duidelijk voorstel gedaan of een initiatief genomen voor een verder gezamenlijk verloop van de avond.

Ze zijn dus even blijven zitten om nog een volgend biertje te drinken. Verdeeld over de bank en de stoelen zoals ze onder het eten ook aan de tafel gezeten hadden.

De obers droegen nieuwe bladen met vers gevulde glazen aan en zetten die in plaats van de leeggedronken exemplaren voor hen op de tafel. Wie aan zo'n ronde mee deed kreeg met een potlood een streepje op zijn bierviltje.

Gerard vond het altijd knap hoe handig de obers daarin waren. Voordat je weg ging hoefde je zo alleen maar je eigen consumpties af te rekenen.

Veel obers deden het trouwens uit hun hoofd, want ze hadden allemaal eigen tafels waar ze op moesten letten.

Zo nu en dan had iemand het genoeg gevonden en was verdwenen. Alleen een "tot morgen" in de eigen taal of een opgestoken hand was daarbij voldoende geweest.

Over een paar uur, gingen ze elkaar weer ontmoeten voor de verdere afloop van de training.

Het tweetal uit Luxemburg had, net zoals tijdens de oefeningen overdag, vrijwel de hele tijd met elkaar zitten koeterwalen in een soort Frans uitgesproken Duits of Duits uitgesproken Frans.

Ze hadden geen enkele keer de verstrekte documenten geraadpleegd of daadwerkelijk een van de apparaten uit elkaar genomen. Ze hadden vooral rondgelopen en bij de andere deelnemers gekeken hoe die het een en ander uitvoerden.

Het telefoontje van de jongste was voor hen allebei het meest interessante om zich op te concentreren.

Na ieder gerecht kwam het dingetje opnieuw tevoorschijn om vervolgens weer snel te worden opgeborgen als de obers met de volgende borden aan kwamen lopen.

De oudste van hen bleek wel redelijk Engels te spreken,

maar wat die jongen erbij deed of van de bijeenkomst op de fabriek zou moeten opsteken, is Gerard niet helemaal duidelijk geworden.

Hij kreeg het vermoeden dat ze allebei ook een beetje Nederlands verstonden, maar kon er geen hoogte van krijgen of die knul eigenlijk wel begreep wat er zich om hem heen afspeelde.

Of hij door had wat de precieze bedoeling van de training was.

Hij heeft daarom 's middags in de vergaderzaal reeds zijn pogingen om een soort van kontakt op te bouwen, opgegeven.

Toen ze, na de welkomstborrel, gezamenlijk de brouwerij binnen gingen voor de maaltijd is hij helemaal aan de andere kant van de tafel naast die jonge Engelsman gaan zitten. Zo ver mogelijk bij Luxemburg vandaan.

Trevor was op zijn beurt in de buurt van de Ierse deelnemer gebleven, voor de zekerheid. Op die manier waren ze met zijn vijven naast elkaar op de lange bank aan de muur terecht gekomen.

Aan het hoofd van de tafel, direkt rechts van Gerard, had een van de Duitse gastheren zijn gezelschap opgezocht. Samen hebben ze een tijdje Nederlandse grapjes zitten maken. De man bleek namelijk getrouwd te zijn met een landgenote.

Hij vertelde dat hij daarom de taal kon spreken.

Zijn woordenschat bleek voornamelijk te bestaan uit een drietal scabreuze liedjes, wat limericks met een soortgelijke strekking en een reeks dubbelzinnige opmerkingen die hij, naar eigen zeggen, van zijn zwagers had geleerd.

Op het moment leek iedereen ze wel grappig te vinden. Gerard en hij hebben de rest van het gezelschap in ieder geval een tijdje verbaasd met de door hen uitgestoten klanken.

De man z'n repertoire kon hij zelfs nog uitbreiden met een

aantal moppen. Hele nette versies natuurlijk. Dus vrijwel zonder schuttingwoorden of verwijzingen naar geslachtsdelen.

Zelf heeft hij zich eigenlijk het meest verwonderd over de Italiaanse deelnemers, een man samen met een jonge vrouw.
Voor zover hij het over de werktafels heen had kunnen zien was ze een stuk jonger dan de man. Die kon overigens hooguit een jaar of vijfenveertig zijn.
Ze had misschien zijn kleine zusje kunnen zijn, maar was te oud om nog door te kunnen gaan voor zijn dochter.
Bij het voorstel rondje 's morgens bij aanvang van de training in de vergaderzaal op de fabriek heeft hij begrepen dat de man net zoals hijzelf een eigen reparatie bedrijf heeft. Dat ze zodoende feitelijk collega's zijn.
Wat de vrouw in die organisatie voor taak had en hoe hun relatie was, is echter niet duidelijker geworden. De man had alleen gesproken over een "cooperation".
Ze was de enige vrouw in het gezelschap.
Onder het werken had hij opgemerkt dat ze voornamelijk een soort tolk voor de man was. Deze sprak namelijk nauwelijks Engels. Ze had overdag al, vrijwel continu de woorden van de trainer voor hem zitten vertalen en moest in het restaurant de menukaart voorlezen. Gerard was dus niet de enige geweest met deze taak.
Ze zag er wel verzorgd en charmant uit, maar was zeker niet de aller knapste. Hij miste voornamelijk het "mediterrane" in haar voorkomen, het Italiaanse in haar gedrag. In zijn ogen was ze, zo met haar strakke truitje en misschien iets teveel make-up, een beetje "gewoontjes".
Voor Gerard moesten Italiaanse dames toch vooral het voluptueuze hebben van bijvoorbeeld Gina Lollobrigida of

Sophia Loren.
Deze mevrouw kwam daarmee vergeleken nogal wat "temperament" tekort. Al viel het hem wel op dat ze beslist geen goedkope kleren aan had.

De geluiden op de binnenplaats achter het hotel zijn opgehouden. Achteraf gezien leek het er vooral op dat ze er de vuilnisbakken aan het legen waren. Aan de tijd op het wekkertje te zien helemaal geen gek idee.

Het verbaast Gerard nog steeds dat het tweetal de hele tijd tijdens hun verblijf in de brouwerij heeft zitten flikflooien en smiespelen. Ze hebben zich op die manier immers van de rest van het gezelschap afgesloten.
Alsof ze een eilandje waren binnen het gezelschap.
Waarschijnlijk dat ze daarom, behalve onder het bestellen misschien, door iedereen grotendeels genegeerd zijn.
Later op de avond waren ze er trouwens ook niet meer bij geweest. Na het eten bleken ze al vrijwel meteen vertrokken.

Onderweg naar het hotel zijn de losse restjes van het gezelschap weer bij elkaar gekomen tijdens een gezamenlijk biertje aan de sta tafels op een terras buiten bij weer een andere brouwerij.
Ze waren elkaar er min of meer toevallig tegengekomen. De grote zaak bevond zich ook in de Altstadt, aan een pleintje 'n paar straatjes verderop van de Bolkestrasse.
Gerard was met zijn nieuwe vrienden vanwege het mooie weer, terug aan het wandelen. Op zijn advies zouden ze over de Rheinboulevard lopen. Hij had ze toegezegd dat het daar erg mooi zou zijn.
Vooral in de avondschemering als de zon boven zijn vaderland onderging, zoals precies op dat moment eigenlijk.

Om de hoek van deze brouwerij zijn ze nog in een kennelijk typisch Düsseldorfse bar geweest om er een soort kruidenbittertje te drinken.

Volgens zeggen was het een plaatselijke specialiteit, maar Gerard had er, ook op zijn vorige bezoeken nog nooit van gehoord. Het was alles bij elkaar toch alweer de zoveelste keer dat hij hier in de stad rondliep.

Op eerdere trainingen bij de fabrikant, de laatste paar jaar in december voor de kerstmarkten en ook op de terugweg van hun vakanties in het zuiden gaan ze hier in de stad winkelen.

Al is het maar voor een paar uurtjes, hij komt graag in de stad.

Het advies voor de alcoholische attractie was van een zegsman gekomen die hen hierover op het terras had aangesproken. Vooral de Ier, die blijkbaar ook een paar woordjes Duits verstond, had er op aangedrongen dat ze deze omweg nog even zouden maken.

Nu weet hij opeens waar de bonkende koppijn waarschijnlijk zijn oorzaak vindt. Hij richt zich wat verder op en draait zijn benen over de rand van het bed.

Vluchtig kijkt hij nog even op het display van de wekker. De vloerbedekking kriebels onder zijn blote voeten.

Als hij nu een paar paracetamolletjes inneemt dan kan hij daarna nog zeker ruim een uur gaan liggen. Zijn toilettas heeft hij gistermiddag bij het inspecteren van de kamer in de badruimte neer gezet, dus kan hij er gelijk even de kraan dicht draaien.

En het licht mag er dan ook uit.

II

Het rechtop komen is hem niet zo goed bevallen. Hij is nog wel even op de rand van zijn bed blijven zitten voordat hij echt helemaal is opgestaan, maar de laatste paar stappen naar de badkamer heeft hij helaas moeten hollen.
Gelukkig stond de deksel van de wc-pot omhoog, anders was het er mooi overheen gegaan en had de hele vloer nu vast en zeker onder de kots gezeten.
Met een bezwete kop leunt hij tegen de pot. Hij zit geknield op het toiletmatje bevend met zijn armen om het witte porselein geklemd. Op dit moment heeft hij het houvast aan het koude aardewerk even heel hard nodig.
   In een verkrampte grote golf heeft zijn maag zich helemaal omgekeerd. Een slijmerige groenige troep met bruine klonten, waarschijnlijk het eten van gisteravond was het resultaat.
Hij heeft de smerige rommel zo snel mogelijk weggespoeld, bang om van de aanblik en de zurige lucht niet nog beroerder te worden.
De knop van de stortbak zat net een paar centimeter buiten zijn bereik. Om het ding in te kunnen drukken heeft hij zich een stukje moeten oprichten. De kracht die het hem kostte, heeft het aller laatste restje energie opgeslokt. Hij bibbert nog na van de bijna bovenmenselijke inspanning.
Misschien had de moeder van die Engelse jongen gelijk toen ze haar zoon waarschuwde voor het Duitse eten.
Die geelgroene rommel moet immers gal geweest zijn.

Naast hem ruist nog altijd de douchekraan, de wolken stoom

hebben onder de glazen deur door de badkamer in een soort mist gehuld. Het is in de kleine ruimte zo heet geworden dat hij er vreselijk van moet zweten.

Een paar plukken haar zitten tegen zijn slapen geplakt en de rest hangt in slierten voor zijn ogen. Het was wellicht toch beter geweest als hij vorige week even naar de kapper was gegaan.

Hij blijft een tijdje zitten luisteren naar het ruisen.

Het water klatert eigenlijk met een opvallend onregelmatig gespetter in de douchebak. Nu hij er wat beter op let, lijkt het er zelfs op dat iemand zich onder de straal staat te wassen.

Hij probeert te kijken of er achter het glas inderdaad iets beweegt. Het zou dan even schoongeveegd moeten worden, maar daarvoor heeft hij geen energie meer. Het is iets te ver weg.

Zou degene die daar staat hem gehoord hebben?

Zal hij om hulp vragen?

Besluiteloos blijft hij half over de pot geleund zitten.

Toen ze vanuit de "Kneipe" verder liepen en weer op weg waren naar het hotel, bleek het gezelschap inmiddels gekrompen tot een man of vijf, zes met hemzelf erbij geteld.

Hij probeert zich de gezichten voor de geest te halen. Er was die man uit Servië, de Luxemburgers, die wat oudere Ier waarmee hij zo vreselijk heeft zitten lachen, het Engelse joch en hijzelf.

In het barretje speelde een dixieland bandje. Kompleet met rood-groene vesten en bolhoedjes op. Heel erg Duits en vreselijk folkloristisch, daar waren ze het als goede touristen gezamenlijk over eens geworden.

Hij kon zich niet meer herinneren hoeveel van die bittertjes ze hadden gedronken of hoe lang ze er over hadden gedaan.

Het bleek de bedoeling dat je het kleine glaasje waarin de

109

bruine, door de bijna bevroren toestand waarin deze geserveerd werd stroopachtig geworden vloeistof, in je glas bier liet zakken.

Vervolgens moest je het geheel dan in een paar grote slokkken in een keer opdrinken.

Het resultaat zou een "himmliche", afdronk moeten geven. Dat was ze verteld, maar Gerard had die zoetigheid in zijn bier ontzettend goor gevonden. De smaak van thijm overheerste alles.

Hij kan er hooguit twee hebben opgedronken.

Waar ze, buiten die Italianen, de rest van de oorspronkelijke groep verloren waren kon hij zich niet meer herinneren. Toen ze, oorspronkelijk met z'n allen van het grote terras vertrokken, waren er ook nog die twee Spanjaarden een Fransman, een Zweed en een Noor bij hen geweest.

Eenmaal bij de Rhein aangekomen, zijn ze over de moderne, brede, nieuwe boulevard verder onderweg terug in de richting van het hotel gewandeld. Gister was het een mooie, zwoele avond.

Het was echter al ruim over half elf voordat ze langs het luxe jachthaventje wandelend de Altstadt verlaten hadden.

Daarvandaan zou het nog hooguit een uurtje lopen zijn, hadden ze geschat. Het uitzicht over de lichtjes en de de rivier was prachtig. Daar hebben ze op een muurtje geleund allemaal nog even van genoten.

Een eindje verder was de ingang naar de grote haven en iets links daarvan stonden de hoge spiegelflats van het zaken kwartier. Dat was ook de plek waar de grote, doorgaande zuid/noord route onder de grond verdween.

Ze liepen eigenlijk over het dak van die weg.

Zijn maag komt weer enigszins tot rust, maar het idee om

110

op te staan en dan de tabletjes in te nemen tegen de inmiddels dreunende hoofdpijn, maakt hem weer gelijk aan het draaien. Nog maar even zo blijven zitten, dus. Al begint hij de koude van de tegelvloer aan zijn billen te voelen.

Gisterochtend om deze zelfde tijd zat hij in zijn auto. Hij was toen nog onderweg hier naar toe. Misschien was hij om deze tijd nog in de buurt van Utrecht of al ergens vlak bij de bioscopen van Ede geweest.

Hoe laat het precies is weet hij niet. Zijn horloge ligt nog ergens bij zijn kleren. Hij houdt 'm nooit om onder het slapen.

Om precies vijf voor acht was hij bij Boxmeer de grens gepasseerd. Hij liep toen nog ruimschoots voor op het tijdsschema dat ze van tevoren, thuis hadden gemaakt.

Bij de benzinepomp bij de molen ter hoogte van Moers wilde hij gaan tanken. Dat moest hij gemakkelijk kunnen halen.

Daar kon hij dan tegelijk even een korte pauze houden. Als de rit meeviel ten minste.

Als er onderweg geen grote files zouden zijn.

Heel vroeg, veel vroeger dan hij gewend was in ieder geval, had hij gistermorgen op moeten staan. Zijn vrouw was toen al in de keuken. Ze had koffie voor hem gezet, de kleine thermoskan ermee gevuld en het tasje gemaakt met koeken en blikjes cola voor onderweg.

Die moest hij volgens haar naast zich op de passagiersstoel zetten. Dan kon hij in een keer door blijven rijden en zou hij zeker op tijd aankomen.

Er zat genoeg in, ook voor de terugweg.

Nog eerder dan zijn oorspronkelijk plan, had hij om kwart over zes de reis daadwerkelijk aangevangen. Zijn ontbijt werkte hij namelijk, staande aan het aanrecht omdat hij toch een beetje gespannen was, snel snel snel naar binnen.

111

Hij wilde onderweg zo min mogelijk in de file staan, al zou de Stau ter hoogte van Krefeld waarschijnlijk niet te voorkomen zijn. Hij zou er immers rond een uur of half negen zijn, midden in de spits.

Vorig najaar had hij daar meer dan een halfuur oponthoud gehad omdat er werkzaamheden waren. Daardoor was hij toen nog bijna te laat op de fabriek aangekomen.

Deze keer had hij een wat ruimere marge genomen en door het vroege vertrek een stuk minder hoeven te jagen. De borden met ”Reisen statt Rasen” in de berm probeerden hem dat ook te vertellen.

Op weg langs de Autobahn in de afgelopen vakantie waren ze hem al een paar keer opgevallen. Angstvallig hield hij zich aan deze aanwijzing.

Ook het eerste stuk nog in Nederland was trouwens wonder boven wonder helemaal zonder files verlopen.

Hij wilde nu en onder deze omstandigheden, nog niet aan de terugreis denken. De komende middag lag op dit moment nog heel erg ver in de toekomst. Gerard moest eerst de training van deze ochtend nog door.

Gistermorgen om tien voor tien was hij het parkeerterrein van de fabriek opgereden. De portier wees hem, nadat hij zich met de uitnodigingsbrief als gast bij hem gelegitimeerd had, een mooie plek aan op het stukje veld gelijk naast het hoofdgebouw. Later bleek het dat dat deel van het parkeerterrein oorspronkelijk voor de directie wagens gereserveerd was.

Kennelijk dus een goede zet dat hij niet gezegd had dat hij "slechts" voor een training kwam. De vorige keer was hem namelijk half in de fietsenstalling, ergens tamelijk achteraan op het fabrieksterrein een plekje toegewezen.

Toen had hij zijn auto trouwens in de garage onder het hotel geparkeerd. Dat vond hij voor deze keer te duur. Hij kon het korte stukje vanaf de uitgang naar het hotel gemakkelijk lopen.

Het zal er wel bij meegesproken hebben dat hij intussen een nieuwe auto heeft. Deze is representatief wat beter dan die oude wagen waarin hij de vorige keer nog reed.

De file bij Krefeld was er overigens deze keer helemaal niet geweest, alleen een korte bij Moers Kapelle omdat ze er de middenberm aan het maaien waren.

Zodoende had hij nog genoeg tijd om bij de benzine pomp ook nog even een plas te doen. Hij is er zelfs een kopje koffie blijven drinken. Tenslotte werd hij pas tussen tien uur en half elf op de fabriek verwacht.

De training zelf zou namelijk om elf uur precies aanvangen.

Misschien dat hij zo langzamerhand eens op kan staan om zo'n paracetamol tabletje in te nemen. Die douche moet ook eindelijk eens dichtgedraaid worden.

Als hij daarna nog even op bed gaat liggen, moet hij nog wat verder bij de wereld kunnen komen. Er zal nog minstens een uur over zijn voordat hij in de ontbijtzaal verwacht wordt.

Zo heel erg lang kan hij hier immers niet op de grond gezeten hebben. Die is daar trouwens veel te koud voor.

Voorzichtig trekt hij zich op en gaat nog even op de rand van de wc-pot zitten. Hij is een beetje draaierig en wil niet het risico lopen dat hij nog een keer door allerlei vreselijk maagkrampen overvallen zal worden.

Uit ervaring weet hij dat hij onder deze omstandigheden de boel niet moet gaan forceren.

Rustig aan en niet teveel bewegen, dat werkt echt het beste.

Toen ze na een kwartiertje lopen langs de discotheek

onder de oprit van de grote Rheinkniebrucke waren gekomen, wilde Trevor daar even naar binnen. Hij was nieuwsgierig naar het andere, meer gewone en niet zo erg Duitse uitgaansleven en voelde zich er kennelijk intussen vertrouwd genoeg voor.

De jongen was in de stemming gekomen voor een feestje dat zich niet in kroegen en brouwerijen afspeelde. Meer zoals hij het "thuis" gewend was. Bij zijn moeder dus, in Manchester.

Steven de Ier, en Gerard die eigenlijk de oudsten van het gezelschap waren, hadden zich verzet tegen het verdere oponthoud. Ze hadden gesteld dat het toch echt de hoogste tijd was om naar bed te gaan. Morgen, toen al bijna vandaag, zou hen immers nog het vervolg van de training wachten!

Ook de beide Luxemburgers bleken echter nog wel een laatste drankje te lusten. Zij wilden daarvoor zelfs graag de dancing even binnen gaan.

Steven en hij hadden allebei niet echt de ouwe lul willen spelen en gaven zich, zonder heel veel verder tegenwerk, gewonnen. De Serviër wilde wel terug naar het hotel, maar ze hadden geen van beiden zin om, alleen met hem, verder te lopen.

Wellicht ten overvloede wezen ze hem erop dat hij aan de andere kant van dat hoge glazen gebouw moest zijn. Hij had ze namelijk al gezegd, de weg verder goed te kennen. Fijntjes voegde hij daar aan toe dat hij het wel begreep dat zij nog even met "the young kids" mee gingen.

Na deze opmerking had Gerard zich inderdaad eventjes erg oud gevoeld. Plotseling was het besef tot hem doorgedrongen dat hij ten opzichte van de gastheren op de fabriek, toch min of meer de verantwoording op zijn schouders had genomen. Hij zag plotseling in dat hij degene was geweest die de hele avond had opgetreden als tolk, reisleider en gids.

Al sprak zijn gezelschapje onderling dan voornamelijk Engels,

114

op de een of andere manier was het telkens duidelijk geweest dat hij Duits verstond en ook in die taal het woord voor hen allemaal kon doen.

De Düsseldorfers hadden zich iedere keer tot hem gericht en niet tot bijvoorbeeld de Luxemburgers die de taal toch ook zouden moeten kunnen spreken.

Iedereen had dat zo gelaten.

Binnen in de discotheek bleek het Italiaanse stel aan de bar te zitten. Ze hadden nog voor het eten op de heenweg naar de Altstadt deze gelegenheid gezien en zich toen al voorgenomen om er op de terugweg naar toe te gaan, vertelden ze. Vanaf het restaurant hadden ze een taxi genomen en intussen zaten ze hier alweer een tijdje.

Ze waren trouwens zowat de enige bezoekers, want alleen ergens in een van de hoeken kon Gerard nog een paar andere gasten aan een tafeltje zien zitten. Er brandde niet veel licht in de ruimte.

Het waren jongelui zo te zien en afgaande op het geluid Duitsers.

Hun binnenkomst was voor de diskjockey een reden om een ouderwetse swingplaat op te zetten. De kleurig uitgedoste jongeman was er vanaf zijn kruk aan de bar speciaal voor naar het hokje gelopen waar de geluidsppparatuur stond opgesteld.

Hij had ook het volume iets opgedraaid, zodat ze de koppen bij elkaar moesten steken voor het overleg omtrent de bestelling.

Trevor liep, nadat hij om bier had gevraagd, gelijk naar de DJ toe om een verzoekje op te geven. Waarschijnlijk zou hij dan wel om een Engels bandje vragen, veronderstelde Gerard.

Omdat het lawaai aan de bar te erg was voor verdere conversaties en ze eigenlijk geen zin hadden om te blijven staan, gingen ze met z'n allen in een van de nissen naast de

115

dansvloer zitten. De Italiaanse, Nina droeg moederlijk het blad met de drankjes achter hen aan.

Gerard liet zich, nadat hij Trevor had gewenkt waar ze naartoe verdwenen waren, naast haar op het laatste vrije plaatsje op de lage bank vallen. Meteen had ze zich gemoedelijk tegen hem aangeschurkt.

Glimlachend zei ze dat ze zoveel knusheid niet van een dans gelegenheid had verwacht. Hij was er vanuit gegaan dat ze het ironisch bedoelde.

Hoewel het er in de nis veel te schemerig voor was om duidelijke waarnemingen te doen, zag hij dat ze er van dichtbij toch een stukje ouder uitzag dan hij eerder op de dag had aangenomen.

Hij zag kleine kraaienpootjes bij haar ooghoeken en ook de rest van haar gezicht bleek minder glad. Haar ogen stonden trouwens niet zo hard meer als overdag. Ze leek hier lang niet zo ongenaakbaar als in het felle tl-licht van de vergaderzaal eerder op de dag.

Hij kon nog steeds niet goed uitmaken wat haar leeftijd precies zou zijn, maar kwam tot de conclusie dat ze ergens achter in dertig misschien bijna veertig moest zijn. Ze zou dus wel met haar echtgenoot zijn meegekomen.

Nu hij gezien had dat het leeftijdverschil tussen de twee lang niet zo groot was als hij eerst had aangenomen, nam hij klakkeloos aan dat ze kennelijk een echtpaar waren.

III

Als hij weer voorzichtig op het bed is gaan liggen realiseert Gerard zich dat hij wel het grote licht in de badkamer heeft uitgeschakeld, maar helemaal vergeten is om ook de kraan gelijk dicht te draaien.

Het ruisen en klateren is dus nog niet opgehouden.

Nu hij even kijkt ziet hij dat hij klaarblijkelijk het lichtje boven de spiegel ook nog aan heeft gelaten.

Hij heeft er notabene zijn toilettas overhoop staan halen op zoek naar die tabletten.

Heel geconcentreerd heeft hij er twee tegelijk ingenomen. Een vriendin, eigenlijk meer een collega van zijn vrouw, heeft ooit verteld dat een hele gram pas werkzaam is. Ze werkt in de verpleging. Met een paar kleine slokjes water, heeft hij ze voorzichtig doorgeslikt.

Eenmaal teruggekomen bij het bed heeft hij het wekkertje ingesteld. Behoedzaam heeft hij zich op het matras uitgestrekt.

Bang om door een plotselinge beweging zijn maag weer om te laten draaien.

Hij is veel te moe om nog eens terug te lopen en zijn foutje te herstellen.

Op zijn horloge heeft hij gezien dat hij pas over iets meer dan twee uur op de verdere training verwacht wordt. Nu kan hij dus inderdaad nog minstens een uurtje blijven liggen.

Dan heeft hij daarna ruim de tijd om te douchen en zich op te knappen voor het ontbijt. Tenslotte kan hij zich uitchecken. De eetzaal is op de begane grond, recht tegenover de receptie. Als hij straks gelijk zijn koffer mee naar beneden neemt dan heeft hij nu nog een paar minuutjes extra.

117

Hij weet dat Duitsers heel strikt zijn en het zeker niet zullen waarderen als hij te laat of zelfs helemaal niet meer op de voortzetting van de training komt.

Gerard had verwacht dat hij Steven, zijn nieuwe vriend uit Ierland, na een enkel biertje wel zo ver zou kunnen krijgen dat ze samen verder zouden lopen. Dat hij ook alleen zou kunnen opstappen was gewoon niet bij hem op gekomen.

Op de een of andere manier is hij er vanuit gegaan dat ze met zijn allen bij elkaar moesten blijven. Hij had het zijn taak gevonden om het gezelschap, hier toch vreselijk ver van huis uiteindelijk bij elkaar te houden. Alsof er een soort van "samen uit samen thuis" telde.

De rest van het gezelschap had daar duidelijk anders over gedacht. Door deze misvatting was het voor hem dus vannacht zo vreselijk laat geworden.

Antonio had een rondje gegeven en toen hadden daarna de Luxemburgers erop gestaan dat ook een keer te doen. Steven wilde niet achterblijven en was iets later ook opgestaan om voor iedereen een nieuw biertje te halen.

Gerard had hem nog nageroepen dat hij liever mineraalwater wilde, maar dat was niet aangekomen. Hij had dus ook nog een nieuw Altbiertje gekregen. Solidariteit en plotselinge dorst dwongen hem ertoe die ook op te drinken.

Vervolgens kon Trevor vanzelfsprekend niet achterblijven. Het had er wel op geleken of iedereen zijn nationale trots moest showen.

De barman had zich al op een nieuwe ronde voorbereid en voordat ook hijzelf goed en wel zijn bestelling had kunnen uitspreken, stond het blad met glazen al op de rand van de bar voor hem klaar. Het gaf te veel ombras om er in plaats van dat

118

bier, een mineraalwater bij te laten zetten. Deze ronde zou trouwens echt de laatste worden.

Hierna zou hij definitief, al was het desnoods helemaal alleen terug naar het hotel gaan. Uiteindelijk had hij intussen ruimschoots aan zijn verplichtingen voldaan.

Terwijl ze dus in een rap tempo biertjes hadden zitten drinken was hij in gesprek geraakt met zijn buurvrouw.

Ze werkte inderdaad met Antonio samen en ze vormden samen de spil van een goed lopend reparatie bedrijf in de buurt van Milaan. In "North Italy" voegde ze er nadrukkelijk aan toe.

Alles natuurlijk voor zover hij uit haar verhaal boven de luide muziek had kunnen begrijpen.

Nina deed de administratie, ze bemande de telefoon, behandelde de post en regelde de afhandeling van de verzendingen. Zij was degene die de klanten ontving aan de balie en ze leverde de behandelde reparaties af als deze werden afgehaald.

Bij hem thuis deed Gerard dat, buiten het uiteindelijke voeren van de administratie dan, voornamelijk allemaal zelf. Dit omdat zijn vrouw er een vreselijke hekel aan had om wildvreemde mensen te woord te staan.

Eigenlijk werkte deze manier van handelen ook heel goed. Bij hun in de zaak was Antonio de eigenaar en directeur.

Naast Nina had hij nog vijf man personeel in dienst.

Iets meer dus dan Gerard, die het thuis alleen met zijn meewerkende echtgenote moest doen.

Omdat ze zo dicht op elkaar gepakt zaten was het steeds warmer in de nis geworden. Achteraf gezien vormde dit, dus naast de verdediging van de nationale belangen een verklaring voor het rijkelijke vloeien van het plaatselijke Altbier.

Die Engelse jongen was op een gegeven moment, samen met de

jongste Luxemburger naar het tafeltje in de andere hoek gegaan om te vragen of de meisjes daar met hen wilden dansen.

Gerard had zich er even door laten afleiden. Belangstellend bleef hij een tijdje naar de jongens kijken. In de pauze die er hierdoor in hun conversatie viel, had ze om hem moeten lachen. Ze noemde zijn blik "fatherly". Paternalistisch had hij er voor zichzelf van gemaakt, dat was een stuk Latijnser en klonk vriendelijker dan alleen maar een koel "vaderlijk". Ze had veel warmte in haar blik en even een hand op zijn pols gelegd.

Iedere keer als Nina trouwens iets leuk vond moest ze er uitbundig bij lachen. Steeds had ze dan zich amicaal tegen hem aan laten vallen. Aanvankelijk ging Gerard er vanuit dat hij met een zeer aanhankelijk type van doen had. Hij vond haar gedrag een beetje lijken op dat van een krolse poes.

Haar maniertjes, maar vooral haar uitgelatenheid schiepen na verloop van tijd een gevoel van vertrouwen. Het had een soort van geborgenheid gegeven, hoe ze zich telkens weer tegen hem aan geworpen had. Bij iedere nieuwe lachbui had ze zijn pols gepakt en er dan, waarschijnlijk om haar enthousiasme te tonen of te benadrukken, even in geknepen. Ze waren intussen steeds meer tegen elkaar aan gegleden. Dat kwam vanzelfsprekend door de kuil die er in de bank bleek te zitten.

Haar linker borst kwam steeds meer tegen zijn bovenarm knel te zitten.

Hij kon, vanwege die ingezakte bank en omdat hij al zowat op de rand zat, niet verder bij haar vandaan gaan zitten. Iedere keer als hij iets hoger naar de zijkant schoof werd hij, tijdens een van haar volgende lach aanvallen, weer terug de kuil ingetrokken.

Het had hem na een paar keer niet meer gedeerd, hij had het er alleen wel steeds warmer van gekregen.

Eerst was zijn arm beginnen te tintelen. Maar hij had er geleidelijk aan min of meer het kontakt mee verloren. Hij had 'm achter haar kunnen leggen, maar dan zou Nina vast en zeker helemaal tegen hem aan glijden. Hij zou haar dan zowat onder zijn oksel, nog intiemer dan nu al het geval was, tegen zich aan hebben.

Ze was eigenlijk niet zo heel erg groot en hij had voorzien dat ze dan waarschijnlijk allebei haar borsten tegen hem aan zou drukken. Alleen het idee al vond hij een beetje gênant.

Maar er was wel aktie nodig. Zijn broek ging steeds strakker zitten.

Hij had zijn arm dus toch bovenop de rugleuning gelegd en was gelijk op de rand van de bank gaan zitten. Op deze manier stak hij helemaal boven haar uit en kon zich wegens de stabielere zit beter tegen haar aanvallen verweren.

Ook boven de anderen trouwens, want iedereen was zo langzamerhand steeds verder in de zachte kuilen van de banken weggezakt. Ze zaten daar twee aan twee of zelfs met zijn drieën dicht tegen elkaar aangeplakt.

Als een veldheer had hij zo boven zijn op elkaar gestapelde collega's uit getorend.

Gerard realiseert zich dat dát wellicht het uitgelezen moment is geweest om terug te keren naar het hotel.

Hij was ook daadwerkelijk opgestaan met die intentie, maar naar de bar gelopen om het allerlaatste rondje te gaan halen. Het was zo langzamerhand immers weer zijn beurt geweest.

Onder het wachten bij de bar had hij zich er over verbaasd dat deze vrouw zo weinig afstand hield. Het moest iedereen toch wel duidelijk geworden zijn dat hij thuis braaf getrouwd was.

In een soort reflex had hij even naar zijn trouwring gekeken.

121

Ze hadden het 's middags bij de thee al en vanavond onder het eten ook weer, diverse keren besproken hoe ze allemaal hun zaken afwikkelden. Ten slotte waren ze collega's en kende de training ook haar gemoedelijke momenten.

Zelf had hij het daarbij zeker gehad over de bemoeienissen van zijn echtgenote. Als thuiswerker was hij vrijwel altijd in haar direkte nabijheid.

Die Nina had de afgelopen minuten op de bank voornamelijk tegen hem op zitten rijden. Terwijl haar echtgenoot er nog geen meter bij vandaan zat had ze telkens met haar boezem langs zijn bovenarm gewreven. Zo achteraf gezien had ze eigenlijk een flinke bos hout voor de deur.

In ieder geval was ze ruimer bedeeld dan zijn vrouw.

Gerard kon al die aanhankelijkheid niet goed plaatsen. Hij kon toch onmogelijk met een wildvreemde Italiaanse gaan zitten rommelen. Ook niet als zij in feite het voortouw nam.

Thuis ging het er altijd heel anders aan toe, moest hij altijd het meeste initiatief nemen. Zijn vrouw liet zich nooit zo gaan.

Niet privé en zeker nooit in gezelschap, daarvoor was ze te beschaafd opgevoed.

Hij wist heel zeker dat het thuisfront en de omstandigheden daar toch echt een paar keer ter sprake waren gekomen. Het had er tijdens de maaltijd eigenlijk net aan ontbroken dat ze ook nog foto's hadden uitgewisseld.

Gerard schoot in de lach. Alleen het idee al.

Maar nu hij er nog eens over nadenkt, Nina had onder het eten voornamelijk met die Antonio zitten flikflooien.

En afgelopen nacht in die disco weer met hem.

Steven was zeker getrouwd, die oudere Luxemburger ook en van de andere deelnemers waren er een aantal die ook verteld hadden dat er thuis een gezin was.

Daarom had hij ook die associatie gemaakt met fotootjes van de kinderen. De grappen makende Duitser had het diverse keren over zijn dochter gehad en er even zijn portefeuille bij tevoorschijn gehaald. Gerard was toen net met Trevor het menu aan het doornemen. Hij heeft dus niet gezien welke informatie zijn Duitse vriend aan het verspreiden was.

Bij nader inzien zijn er meer deelnemers geweest die het erover gehad hadden dat hun partners een belangrijke rol speelden in hun bedrijfsvoering.

Hij herinnert zich nu ook dat hijzelf gisteravond, ze waren toen op het grote terras voor die tweede brouwerij, een vurig pleidooi had gehouden over het belang van ondersteuning. Vooral bij het opzetten en in stand houden van een eenmanszaak.

Zoals die van hem dus eigenlijk, maar hij was er van uit gegaan dat zijn toehoorders een soortgelijke zakelijke constructie voor hun aktiviteiten kenden.

De strekking van zijn verhaal was namelijk geweest dat je er als ondernemer weliswaar meestal alleen voor stond, maar dat zonder de hulp van een echtgenote een goede zaak voering niet vol te houden zou zijn.

Op dat moment had geen van de collega's, die in een kring bij de tafel stonden, hem tegengesproken. Kennelijk waren zijn woorden dus niet tot dovemans oren gericht geweest.

Nu dringt het tot hem door dat Antonio en Nina op dat moment al lang en breed naar de discotheek vertrokken waren.

Toen hij met het blad met glazen in hun hoekje terugkwam stonden de Luxemburgers en Trevor net op. Ze gingen naar bed, naar het hotel. Ze wilden gaan slapen.

Het dansen had ze erg moe gemaakt en "neen dankjewel" ze hoefden geen bier meer. Trevor pikte het glas mineraalwater van

123

het blad. Hij was tamelijk bezweet geraakt en had heel erge dorst. In een flinke teug dronk hij het glas leeg.

"Bedankt en tot morgen".

Zo waren ze dus met zijn vieren overgebleven.

Ze hadden nu de ruimte om allemaal apart in een eigen kuil weg te zakken. Vriendelijk ruimte makend schoof Nina een plaatsje verderop, over de bobbel van de bank heen. Gerard kon weer op zijn oude plekje aan het uiteinde van de bank plaatsnemen.

Deze keer had hij dus een hele kuil voor zichzelf gehad.

Hij was toch liever op de rand blijven zitten.

De discotheek was intussen wat voller geworden en de muziek maakte het vrijwel onmogelijk om nog tot een gesprek te komen. Toen ze nog met een groter gezelschap waren, hadden ze erin kunnen volstaan om alleen met hun direkte buren een geschreeuwde conversatie te onderhouden, maar met slechts vier personen was dat tamelijk onbeleefd. Het kwam niet meer tot een leuk gesprek en ze dronken tamelijk snel alle glazen leeg.

Vrijwel gelijktijdig stonden ze op.

Buiten viel het gelijk op hoe warm het binnen in de discotheek was. Gerard kreeg spontaan kippenvel en hij zag aan de zich duidelijk in haar truitje aftekenende bobbeltjes, dat Nina het ook tamelijk frisjes vond.

Als een galante ridder bood hij haar zijn colbertje aan in plaats van deze zelf aan te trekken.

Allercharmantst drapeerde hij het jasje over haar schouders. Ze bleef er even gewillig voor staan en als een soort dankbetuiging greep ze zijn arm. Ze drukte zich stevig tegen hem aan.

Innig met elkaar verstrengeld bleven ze zo zij aan zij lopen. De ondersteuning die ze bij elkaar vonden was hard nodig omdat ze

124

allebei toch wat onvast op hun benen bleken te staan.

Samen keuvelend waren Antonio en Steven intussen rustig verder gelopen. Gerard kwam met Nina achter hen aan, maar opeens waren de heren niet meer te zien. Door alle grapjes en anekdotes waren ze aan hun beider aandacht ontsnapt.

Waarschijnlijk omdat ze ergens een zijstraatje in waren gegaan.

Ze gingen niet naar de mannen op zoek, maar lieten de verwijdering zo. Op deze manier konden ze de knusse gezelligheid nog een tijdje langer voortzetten. Nu hij er weer aan dacht, ze hadden het eigenlijk heel goed met elkaar kunnen vinden.

Toen ze hun vrienden niet meer voor zich uit konden zien lopen, was het tot Gerard doorgedrongen dat ze wellicht niet de juiste route volgden. Hij kende het hoge glazen gebouw, waar ze intussen onderdoor liepen, maar hoe ze daarna verder moesten naar het hotel was hem opeens ontschoten.

De plattegrond die ze s'middags in de vergaderzaal allemaal gekregen hadden, had hij blasé op zijn hotelkamer achtergelaten.

Hij zou hier de weg moeten kennen, dit was immers alweer de vierde of vijfde keer dat hij aan zo'n training deelnam. Al een paar keer was hij toen via deze weg naar het hotel terug gegaan.

Vaag herinnerde hij zich het park waar ze op af liepen, daar moesten ze doorheen en hij wist dat er een gebouw was met een aluminium gevel. Maar de precieze route kon hij zich niet voor de geest halen.

Alleen Steven had zo'n kaart bij zich gehad, maar die waren ze dus kwijtgeraakt.

Gerard richt zich een stukje op. Hij vraagt zich opeens af waar zijn jasje gebleven is. Heeft Nina die meegenomen? Hij kan zich niet herinneren dat ze hem heeft uitgedaan of terug gegeven.

Hij ziet voor zich hoe ze een beetje verloren in de te grote jas naast hem liep. Haar handen kwamen trouwens net niet uit de mouwen. Haar armpjes waren daarvoor te kort.

Als een soort drenkeling, stevig aan zijn arm vastgeklampt, had ze naast hem gelopen. Heel even had hij dat kunnen zien in de spiegeling van een etalageruit in de straat vlakbij het hotel.

Altijd als hij zichzelf zo gereflecteerd ziet moet hij even kijken. Zijn vrouw verwijt hem deze gewoonte regelmatig. Ze vindt het een teken van onzekerheid. Ze vindt het raar dat hij er een gewoonte van heeft gemaakt om zichzelf zo te bekijken.

Meestal verraadt hij zich omdat hij een opmerking maakt over hun uiterlijk. Over de manier waarop ze lopen, hoe ze eruit zien.

Het colbertje hangt keurig over de stoel bij zijn voeteneind. Het schiet hem door het hoofd. Is ze dan niet naar haar eigen kamer gegaan en bij hem blijven slapen? Geschrokken kijkt hij naar het bed naast hem.

Is ze eerder opgestaan en is zij daar aan het spetteren onder de douche?

Al meer dan een uur?

Toen ze even stilstonden bij het oversteken heeft hij haar z'n kamernummer ingefluisterd. Ze waren toen nog met z'n vieren.

Op zichzelf nogal een potsierlijk gegeven omdat ze, eenmaal bij het hotel aangekomen sowieso hun sleutel nog bij de balie hadden moeten ophalen. Ze had er niet op gereageerd.

Voor zover hij zich kan herinneren heeft hij het wijselijk bij die ene toespeling gelaten.

De verdere route was eigenlijk heel eenvoudig geweest. Het hotel is een van de hoogste gebouwen aan de ander kant van het parkje. Met reusachtige blauw verlichte letters staat de naam ervan hoog op de gevel. Hij had dat onderweg niet gezien omdat eerst die hoge kantoorflat en later de bomen ervoor stonden.

Uiteindelijk waren ze er dus zo naar toe gelopen.

Het meisje achter de balie stond al op ze op te wachten. Antonio en Steven hadden hun komst aangekondigd.

Vaag kan hij zich nu herinneren hoe ze samen de lift in zijn gegaan en dat zij daar parmantig het knopje voor de verdieping boven die van hem heeft ingedrukt. Voordat hij uitstapte heeft ze hem lachend terug de lift in getrokken en een vlugge kus op zijn voorhoofd gegeven. Geschrokken is hij toen achteruitgestapt.

Wellicht wilde ze hem troosten en opvrolijken omdat hij sip naar haar stond te kijken. Hij kan zich zijn blik heel goed herinneren door de weerspiegeling ervan in de wanden van de lift.

Wreed wordt hij door het piepen van zijn telefoontje uit z'n mijmeringen gehaald. Het dringt tot hem door dat zijn vrouw hem zou opbellen als het tijd is om op te staan.

Dat hebben ze zo afgesproken omdat hij er niet zeker van was of hij daadwerkelijk wakker zou worden van het door het hotel verstrekte wekkertje op de kamer.

Daar zal je haar hebben.

127

www.ingramcontent.com/pod-product-compliance
Lightning Source LLC
Chambersburg PA
CBHW061137200626
46817CB00016B/1961